无疆的文学

世界的音符

尚书房

走向世界的中国作家

矮凳桥风情

林斤澜 著

CHINESE WRITERS
WITH WORLDWIDE INFLUENCE

文化发展出版社
Cultural Development Press

图书在版编目（CIP）数据

矮凳桥风情/林斤澜著.—北京：文化发展出版社有限公司，2016.12
ISBN 978-7-5142-1553-3

Ⅰ.①矮… Ⅱ.①林… Ⅲ.①中篇小说－小说集－中国－当代
②短篇小说－小说集－中国－当代 Ⅳ.①I247.7

中国版本图书馆CIP数据核字(2016)第269216号

矮凳桥风情

林斤澜/著

出 版 人：赵鹏飞	
总 策 划：尚振山　曹振中	
责任编辑：冯小伟	
责任校对：郭　平	责任印制：孙晶莹
责任设计：侯　铮	排版设计：麒麟传媒

出版发行：文化发展出版社（北京市翠微路2号　邮编：100036）
网　　址：www.wenhuafazhan.com
经　　销：各地新华书店
印　　刷：北京新华印刷有限公司
开　　本：889mm×1194mm　1/32
字　　数：145千字
印　　张：8
印　　次：2017年1月第1版　2017年1月第1次印刷
定　　价：39.00元
ＩＳＢＮ：978-7-5142-1553-3

◆ 如发现任何质量问题请与我社发行部联系。发行部电话：010-88275710

编委会

野　莽：中国作家，编辑家，出版家。作品被翻译成英、法、日、俄等国文字。国外出版有法文版小说集《开电梯的女人》等多部作品。主编有中、英文版"中国文学宝库"（50卷），中文版"中国作家档案书系"（30卷，与雷达），"中国当代长篇小说评点绘画本丛书"（15卷）及"中国当代精品文库"等大型丛书数百种。

安博兰：(Geneviève Imbot-Bichet)，法国汉学家，汉法文学翻译家，出版家。法国 Éditions Bleu de Chine 创始人。早年于台湾学习汉语，曾在法国驻华使馆（北京）任职。现为法国珈利玛出版社（Gallimard）中国蓝丛书负责人，法国"中国之家"文化顾问。曾翻译出版了大量中国作家的作品，其中最具影响力的有荣获法国三大文学奖之一——费米纳（Fémina）外国文学奖的《废都》。

吕　华：中国翻译家。曾任中央编译局文献翻译部法文处处长，中国外文局中国文学出版社副总编辑，中译法最终审稿、定稿人。对外翻译过三任国家领导人的文集。文学翻译有法文版长篇小说《带灯》以及大量中国当代作家如汪曾祺、陆文夫、贾平凹、韩少功、陈建功、刘恒、莫言、阎连科、周大新、王安忆、铁凝、方方、野莽等的代表作。

贾平凹：中国作家，书法家，画家。中国茅盾文学奖、费米纳文学奖、法国政府奖、美国美孚飞马文学奖获得者。作品被翻译成英、法、德、意、西、捷、俄、日、韩、越等二十多种文字。在国外产生影响的有英文版长篇小说《浮躁》，法文版长篇小说《废都》《土门》《古炉》等。

周大新：中国作家。中国茅盾文学奖获得者。作品被翻译成英、法、德、朝、捷等十多种文字。国外出版有法文版长篇小说《向上的台阶》等多部作品。由其短篇小说《香魂塘畔的香油坊》改编的电影《香魂女》获柏林国际电影节金熊奖。

尚振山：尚书房图书出版品牌创始人。出版有"中国名家随笔丛书"、"中国文学排行榜丛书"、"中国小小说名家档案"（100卷）等。

不仅是为了纪念

——"走向世界的中国作家"文库总序

野 芥

尚书房请我主编这套大型文库,在一切都已商业化的今天,真正的文学不再具有20世纪80年代的神话般的魅力,所有以经济利益为目标的文化团队与个体,已经像日光灯下的脱衣舞者表演到了最后,无须让好看的羽衣霓裳做任何的掩饰,因为再好看的东西也莫过于货币的图案。所谓的文学书籍虽然也仍在零星地出版着,却多半只是在文学的旗帜下,以新奇重大的事件冠以惊心动魄的书名,摆在书店的入口处引诱对文学一知半解的人。尚书房的出现让我惊讶,我怀疑这是一群疯子,要不就是吃错药由聪明人变成了傻瓜,不曾看透今日的文化国情,放着赚钱的生意不做,却来费力不讨好地搭盖这座声称走向世界的文库。

但是尚书房执意要这么做,这叫我也没有办法,在答应这事之前我必须看清他们的全部面目,绝无功利之心的传说我不会相信。最终我算是明白了他们与上述出版人在某些方面确有不同,私欲固然是有的,譬如发誓要成为不入俗流的出版家,把同行们往往排列第二的追求打破秩序放在首位,尝试着出版一套既是典藏也是桥梁的书,为此已准备好了经受些许财经的风险。我告诉他们,风险不止于此,出版者还得准备接受来自作者的误会,这计划在实施的过程中不免会遇到一些未曾预料的问题。由于主办方的不同,相同的一件事如果让政府和作协来做,不知道会容易多少倍。

事实上接受这项工作对我而言,简单得就好比将多年前已备好的课复诵一遍,依照尚书房的原始设计,一是把新时期以来中国作家被翻译到国外的,重要和发生影响的长篇以下的小说,以母语的形式再次集中出版,作为中国当代文学的经典收藏;二是精选这些作家尚未出境的新作,出版之后推荐给国外的翻译家和出版家。入选作家的年龄不限,年代不限,在国内文学圈中的排名不限,作品的风格和流派不限,陆续而分期分批地进入文库,每位作者的每本单集容量为二至三个中篇,或十个左右短篇。就我过去的阅读积累,我可以闭上眼睛念出一大片在国内外已被认知的作品和它们的作者的名字,以及这些作者还未被翻译的21世纪的新作。

有了这个文库,除去为国内的文学读者提供怀旧、收藏和跟踪阅读的机会,也的确还能为世界文学的交流起到一定的媒介作用,尤其国外的翻译出版者,可以省去很多在汪洋大海中盲目打捞的精力和时间。为此我向这个大型文库的编委会提议，在编辑出版家外增加国内的著名作家、著名翻译家，以及国外的汉学家、翻译家和出版家，希望大家共同关心和参与文库的遴选工作，荟萃各方专家的智慧，尽可能少地遗漏一些重要的作家和作品，这方法自然比所谓的慧眼独具要科学和公正得多。

当然遗漏总会有的，但那或许是因为其他障碍所致，譬如出版社的版权专有，作家的版税标准，等等。为了实现文库的预期目的，那些障碍在全书的编辑出版过程中，尚书房会力所能及地逐步解决，在此我对他们的倾情付出表示敬意。

2016年5月7日写于竹影居

目 录

不仅是为了纪念
——"走向世界的中国作家"文库总序/野莽

李 地
1

溪 鳗
68

丫头她妈
83

小贩们
96

同 学
114

哆嗦
120

黄瑶
133

五分
144

春节
155

梦鞋
166

万岁
177

氤氲
193

白儿
205

短篇三痴
216

短篇三树
222

门
232

林斤澜主要著作目录
241

李　地

——矮凳桥的女镇长

惊

这是五十年代的故事。

李地接到通知，叫到陈十四娘娘宫去"学习"。当时大家都有一套下乡或"学习"的行头，李地这回是三进"学习班"，行头现成。无非是一身"稀"旧蓝制服，一双两头包皮青布鞋，背上背包——一被一褥，斜挂书包——笔记本纸张，女人用的手纸不必细说，手拎网兜——面盆口杯。稍微花哨点的东西，犯点嫌疑的好比茶叶，都不作兴。

李地这个样子，兵不兵民不民，实是当时的时装。陈十四娘娘宫在县城角落里,一路是拱肚砖墙,茅草瓦背,露天茅坑……时节是秋后,秋风钻到这些角落里,就把阴凉变作阴冷了。天上灰一块黑一块旧棉絮一样,还没有下秋雨,地上已经滴滴答答,潮湿,滂臭。脏水横流,粪水从阴沟渗上来,五颜六色……

五颜六色,这回是什么颜色呢?李地第一回学习班上的"学习",叫得最响的是,"揪出尾巴来"!第二回是,"夹起尾巴走"。当然也还有"割尾巴"、"翘尾巴"、"甩掉尾巴"、"留点尾巴"种种说法。同志哥对同志姐说:"脱下裤子,看看你的尾巴。"同志嫂说同志哥的尾巴:"翘起来旗杆一样。"这些话都火红滚烫,都是在战场般的会场上,子弹那样射出来。完全没有闲情杂念,神经都紧绷如弓弦、钢丝、缆绳,凡圆脸都拉成长脸,长脸都生毛如驴脸。

世界上有的事情说不灵清,动物进化到人类,耗费了亿万年时间,把条尾巴退化到只剩下一块尾骨。倒又作兴在尾巴上做文章:口头上有,小说书上也有,西方有,东方也有。不好说是谁学谁的样,就说是都从一条路上走过来的就是了。

走到陈十四娘娘宫门口,李地看见中学同学小个子,站在台阶上和两三个人说话。小个子现是学习班的副主任,现管"尾巴"。李地是老资格学员,知道到了这种地方,大家都会摆出六亲不认的面孔。这一下对面相逢,是打个招呼好还是不打为妙?拿不定主意,先拉开一个笑容,又笔直朝门洞走,只拿眼角睃着点小个子,准备随机应变……小个子看见了她,倏地转过身体和别人说话,好像是没有看清楚,也好像是有要紧话赶紧要和人说。

李地腮帮上肌肉僵硬了,只好僵硬着走进大门,心想你也不用神气,塞到这种班里当什么主任,查查别人的"尾巴",都不是得意的角色,都还有一个地方,暗中在查你们的"尾巴"。

陈十四娘娘宫是城里的小庙,这种小庙在茅坑街拉尿巷里轧着,门外完全没有城外寺院的气派,门里地盘狭小,偏偏又讲究两进的格局。前进天井只有半个篮球场大,办班的倒又立起两个篮球架。两廊和大殿上的泥塑木雕,早已收拾干净。大殿叫作教室,实际是会场,两廊改作宿舍。后进的天井不过狭长的一条"槽",不如叫作"天槽"。又是殿,又是廊,又是厢房,格局齐全。因此两步一台阶,三步一转弯,门洞对门洞,屋檐搭着屋檐,摆布得处处是阴暗角落。人走进去,好像走进了"蛐蛐笼"。

西廊宿舍本来都是成排的玻璃窗,又把下边的玻璃都贴上了旧报纸,好像是隔离病房,传染了一种怕光的毛病。从上边的玻璃看进去,只看见一条条毛巾,可见住了不少人了,倒又鸦雀无声。

有人端着一盆水走过天井,好像后颈生疮,把头低在水面上,走到走廊转弯角,差点撞着别个人。那个人走路猫一样不出声音,虽说没有撞翻面盆,也撒了些水在身上。那个人打了个哈哈,小小的县城,又都是干部,不认识也面熟。这个突然发作的哈哈,得不到回音,空荡荡仿佛落不到地上。

女宿舍的门,开在后殿山墙西边。后殿墙中间的佛龛还在,用布幔幔住,里边储存着陈十四娘娘的塑像。不是说泥塑木雕都收拾了吗?怎么单留下这一个?其说不一:有说这是民间塑娘娘出名的娘娘豹的作品,有文物价值,特批保护。另有一说说的人更多:收拾泥塑木雕时,泥水匠、木匠连粗工都是不动手的,专请一位有名的光棍叫光眼狗。他先收拾两廊两边,最后到了娘娘面前,才擎起榔头,对面灰尘蓬起,眼睛睁不开,立刻肿起来和烂桃一样。

李地走过布幔,看见边上露着一条缝,大概总有人好奇,掀开一点看看,李地也顺便看一眼,不觉站住了细看起来。李地不迷信,却也差点儿看出了冷汗。

这个娘娘不穿中国宫廷式的珠冠凤帔,也不是印度传过来的尼姑领宽袍大袖,却是老民国的乡下时装。桃红斜襟褂子,月白百褶长裙,裙下露出双大脚,一双粉红绣花鞋。

李地从边上缝里看过去,看见的是侧面。只见胭脂花粉抹在一脸横肉上,粉白的后颈粗壮如牛,是男人——还是乡下种田男人的肌肉。整个是戏曲舞台上胖男人扮演的媒婆。也叫作丑旦，又丑又是个旦。我们现在还讲究什么什么相结合，这个娘娘是美和丑相结合的老式样板。

那脂粉横肉裂开一个媚笑，那柳叶眉下边一双男人的眼睛，骨碌碌盯着布幔。布幔紧贴着鼻头，眼泡沉沉下垂。若在明亮的舞台上，一掀布幔，相结合惯了的观众会开心一笑。若在冷清清的地方，布幔忽然掀开，这么个相结合的高峰，要留心心脏顶不顶得过山。

李地看得身上凉沁沁，就朝宿舍那里走，心里说着自己：现在死都不怕了，还怕什么呢！

李地走进女宿舍，暗洞洞的，塞满了木板床，有五六个灰布蓝布女干部，有的在铺床，有的双脚并拢，端坐低头打毛线，好像念阿弥陀佛。李地多半认识，只对着空间笑一笑，表示向全体打了招呼。找一块空着的木板，解开背包，接着就歪在铺上，避免说话，也实在疲倦。

前边天井里竟有人打篮球，嘭、嘭、嘭，一声声均匀落地。没有奔跑的脚步，没有急促的喊叫，只有篮球落地的声响……可能是办公室里的小王或是小李，凑不成班子，自己一个人投篮玩玩。听起来是一个球自己蹦起来，自己落下，自起自落。

嘭，嘭，嘭……空气也自己裂开，自己合拢，又裂开，又合拢,裂开时候空落落,合拢时候静悄悄。

嘭——李地忽然觉得自己的肚子里也嘭了一下,伸手摸摸,仿佛还在颤颤的。李地还是个姑娘,但肚子里肯定有一块肉了。

这当然是个错误。多少英俊同学,糖一样饧过来,李地水一样化开去。有权势的头头脑脑把锦绣前程哗啦抖开在面前,李地不过一声冷笑。却在不久前,在"立刻死了都不怕,还怕什么"的时候,把自己随随便便给了个男人……给了就给了,做人做到处理品,还挑什么?

嘭,嘭,拿簸斗搓就是了,一搓一嘭,嘭……李地蒙蒙眬眬起来。

忽然——平白无故,没有虫咬,没有火烫,忽然心惊肉跳起来:有人揭发肚子里这块肉了吗?这回叫来"学习",会不会为的这块肉?什么"尾巴"不"尾巴",割一百遍好了。若是割到肚子里的肉,那就死了算了,死了算了,死……李地觉得汗毛呲呲的,要出冷汗又还没有出来,拉过毯子搭在身上。这时,有人进来。

进来的也是个姑娘,李地认得是供销社的一个会计,怀抱一堆本本,看来有账本、笔记本,作兴还有一个少女的日记本。她在门外站一站,乌溜溜的眼睛朝屋里转了转,也不对着谁,只对空间微微一笑,啊,笑得绉绸一样温柔。

她跨进门槛，不想轻轻绊了一下，怀里的本本接二连三掉落地上，她还是微笑着弯下腰，又蹲下一条腿，啊，连那柳肩细腰都格外温柔……不过她没有站起来，只见肩膀抽动，咽喉抽气，她哭了吗？不，她是泣。

端坐打毛线的站起来，李地也从床上翻身起来，谁也没有问一声为什么流眼泪，也没有劝说不要哭，只是帮着拾起地上的本本，说：

"给你放在这里。"

"放在这里好不好。"

会计两手捂着脸，走到角落里去了。再也没有把手放下来，不叫人看见她的眼泪，也没有谁再看见温柔的微笑。

天黑下来了，有的洗洗，上了床。关了灯，一会儿，却有人说起话来。这些都是凡人，连说话的欲望都还没有"干净"。点着灯一句话也没有，关了灯谁也看不见谁，就把嘴巴上的封条撕下来了。

说到陈十四娘娘，说到叫陈十四娘娘弄得眼睛烂桃一样的、有名的老光棍光眼狗。说这个光眼狗当初也娶过媳妇，花容月貌。头天晚上，新娘在被窝里解开腰带，还把腰带在铺上甩了甩，好像是抖一抖，松散松散。光眼狗伸手去摸，那解下来的不是腰带，是条毛茸茸的尾巴，一尺多长……

有的女干部不免在被窝里摸了摸自己。

……光眼狗大叫一声，跳起来朝门外跑。这件事情本来没有人知道，隔壁老人家、兄弟姐妹、做喜事走来帮忙的大舅舅小姨妈，听见这一声叫，都从床上跳起来，蒙蒙眬眬都朝门外跑，糊里糊涂有撞倒的，有踩了脚的，有赤条条的，老人家说，这若在兵营里，叫作"惊营"。这一惊，丑事传千里……

会计说了一句，那声音也温柔：

"还是因为没有爱情。"

打毛线的接着说道：

"是没有爱情……不，不是爱情不爱情，爱情是一种人情，这不人情，太不人情……"

有一位小声说道：

"陈十四娘娘也有尾巴。"

"没有听说过。"

"她是牛魔王的外甥媳妇。不信，你去掀开布幔看看。"

有一个声音，不知为什么气大声小，用气音叫喊：

"不要说了，不要说了。"

又有一个声音，蒙在被窝里，牙齿相打，惊冷一般：

"不要说了，不要说了。"

宿舍沉入黑沉沉，后进和前殿都落在黑洞洞里。老鼠从地洞里钻出来，蟑螂从板壁上爬下来，窗外细细碎碎的，是风吹落叶？还是陈十四娘娘掀开布幔，也出来透透气、散散步呢？

李地身上疲倦，头脑昏沉沉快要睡着了，肚子里嘭的一下又挣醒起来，嘭、嘭、嘭，耳朵里有个篮球自己蹦起来，自己落地……

是半夜还是下半夜了？篮球落在李地肚子上，李地摸着肚子想道：不论是男是女，都叫他打篮球好了。叫他四肢发达，头脑简单。想着，在黑沉沉里，迷迷糊糊里，漾开小母亲的微笑。

就这时候，前殿，黑洞洞的深沉地方，忽然，没有任何前奏，一个男人挣破嗓子一声叫喊。起点高，再朝上叫就不像人的声音，像宰猪，像狼中了枪弹，叫破黑夜，叫坍屋顶……不过还没有叫完，听见六七张床板乒乓响，是十来个人打滚起来，一蹦起来，手打脚踢起来。立刻是脚步声音，开门声音，劈啦啦一声打破了玻璃，这声音最尖锐……女宿舍里也是谁也看不见谁，仿佛得到一声口令，全都从床板上跳起来，跌跌撞撞没命地朝外跑，前殿后进，东屋西廊，一片叫喊，喘气，杂乱的脚步，有朝前冲的，有朝后跑的，这个小庙地盘小格局大，人和人在台阶、栏杆、转弯、角落处处相撞，相权，拥挤，挣扎……

叫喊的声音都没有字，只是声带的振荡，喉咙的紧张，三十六个牙齿的咬嚼，是一片的梦呓。

好不容易，有一个女高音叫出了两个字：

"尾巴！"

挤挤撞撞的人们应声摸屁股后面，也有摸了前边的，也有摸着别人的，也有两只手都动不得只好干喊的……

这时，唰地，后殿上的电灯亮了。

唰地，两廊的路灯亮了。

唰地，前后进中间的门灯亮了。

好像清凉的水朝人们头上浇一下，又一下，再浇一下。头脑清醒过来，面面相觑，没有地震，没有火灾，也没有阶级敌人破坏……各回各的屋里去吧。

查了一查，有扭伤手臂的，有踩肿脚趾头的，有肋骨痛的，总算都没有大损害。只有这个班的副主任小个子挂了彩，脸上见血，不过也只是玻璃划破了皮。小个子住的是主任小单间，他从床上弹起来，影绰绰看见一个长人，在窗外抬脚踢窗户，跟着这一脚，甩过来一条好像是长尾巴。小个子脑子里一闪：是人？是妖？抓起床头一本砖头般的学习文件汇编，打了过去，蹦回来的碎玻璃划破了面皮。

亮灯以后，小个子回屋时看看，原来窗外晾着一条长裤，是他自己的裤子，昨天黄昏他自己洗了，也是他自己挂在那里吹风的。

这种事情叫作惊营，也叫作炸营，有的地方还叫作鬼偷营。古书上都有过记载的，不是随便空讲。

亮灯以后，女干部们先清醒过来。因为她们立刻发现自己身上暴露过分，老鼠一样成串朝宿舍逃走。走进屋里却看见唯独李地一个人，稳稳当当高卧被窝中，惊问：

"你没有起来？"

"你没有跑出去？"

李地说："我也起来过。我见大家都跑出去了，我也跟着出去。黑洞洞里寻不着门，我就拉灯。那里有三根灯绳，我一根一根拉开了，看看没有事，就回来又躺下了。"

李地没有说肚子里有个圆轮轮小球似的，一拱一拱。李地在被窝里的手，一直贴着肚子；她猜想，这圆轮轮的是脑袋还是屁股？怎么圆球上鼓起来一个小指头似的？啊，会不会是尾巴？

李地一晚上几次都像是要出冷汗，其实没有出来。只有这时，大家都安静了，她的胳肢窝、背脊骨、手心脚心，全身上下冰凉，好像躺在凉水里。

蛋

这是个六十年代初期的故事。

有一个小干部，那年下放到山头角，担了大半年的粪尿——那时候粪和尿不分，因为一天喝两顿番薯粥。有一天叫他回机关来，走到半路走不动了，弯到一个熟人土郎中家里寻吃的。寻不着，看见桌面上放着几粒桑菊感冒丸、乌鸡调经丸、杜仲降压丸，都柔软有油性，如元宵点心的可爱，抓过来统统吃下，才走回机关。

过两天汇报情况，他想想吃药丸讲不得，什么也不讲舌头根又痒痒的，那就讲讲大丰收吧。他说乡下有一爿柿山，去年高桩柿一个个和寿桃一样，乡下人说：成爿山好比王母娘娘的后花园。这句话他都写到诗里，诗也写到山岩上。可惜劳动力都调去大跃进，高桩柿自生自落，今年走进柿山，诗还在，不过高桩柿落地过了个冬，一堆堆比牛屎还黑，还臭。

过两天领导问他户口转回来没有？他说正在转着。

"先不用转了，学习学习还回去吧。"

"？？？"

"你劳动不错，也吃得苦，这回下去，首先要抓世界观改造。高桩柿怎么好比牛屎呢？这叫什么世界观！"

小干部当然不能随便嘴痒，元帅胡乱开口，也会一撸到底。那老百姓呢，却又好笑。

有了小学堂，请来一位贫农老大娘。在操场上摆下两张书桌，铺上床单，放几把靠背椅。校长、主任陪着老大娘坐靠背椅，也就是坐主席台。全体师生整队进场，学生席地而坐，老师站在学生后边，用大小声压住阵脚，真是要阵势有阵势，要气氛有气氛。

校长先讲话，讲"忆苦思甜"，是当时当饭吃的题目。讲完,自己先拍巴掌,全场师生跟着拍巴掌,接着欢迎贫农老大娘"开诉"。

老人家本来只把小学当作隔壁邻舍,小学生肚子里有三瓶墨水也还是孙儿孙女,走来和他们诉诉苦还不是喝口茶一样。没有料到是这么个场面,一时张不开嘴。

小学生里有咻咻的声响,站在后边的老师噘噘地镇压,这可怎么得了!幸好地上坐在第一排正当中的,正好是老大娘屋对面的小姑娘。一年级学生,真是眉清目秀,文文静静。她身后坐着个光头眯眼的小淘气,不知道做了个什么小动作,小姑娘倏地一扭头,龇牙咧嘴,挤眉瞪眼,凶得好比小狗小猫相打。倏地又回过头来,立刻又是清秀文静,变来变去都如闪电。老人家心里一动,这个样子和孙女儿娟娟一模一样。

老人家开口了:

"你几岁了……"

大家都不知道这是问谁,没有人答应。老大娘也不等人说话,她心里自有回答:

"……我娟娟若是在,也背书包上学了。也一样秀气,也淘气。那张脸变过来变过去,比做猴儿戏戴假脸儿,还快。三岁时候,还一身肉圆咕隆咚的。五岁那年,下巴尖了,面黄肌瘦了,皮包骨头了。没有吃的,清汤照得见人影,小人儿顶不过山。我看她晴空白日,眼珠散了神。我叫她娟娟,娟娟,你想吃什么?吃什么?娘娘(奶奶)去寻,去讨,去买、买、买来给你。我娟娟说:花生。伸出三个手指头,自己又缩回去一个,只要两夹花生。我走隔壁走对门走个团团圈圈,一粒花生仁也没有,真没有,米缸柴仓都和水洗了一样……"

校长听着听着,一想,这说的是眼面前的事,文不对题呀,就歪过身体,斜起屁股说:

"老人家,老人家,讲讲老地主那时候……"

"老地主那时候,我心里也想呀,那时候若舍得这张老面皮,朝老太太告诉,我孙女儿饿得七分八厘三了,只怕馒头也讨得出来……"

校长再斜屁股,若不是主任在身边挡着,椅子也会斜翻了。

"……走回家来看我娟娟,出的气粗,吸的气细,我抱她起来坐坐,把棉被垫在她背后。这个小人只剩一张皮,和风筝一样。还晓得趣笑,说:娘娘,我靠在花生囤,花生囤,花生囤上呢,说着还扭过头来,朝我做个鬼脸。我还没有笑出来,看见鬼脸一闪,眼皮一落,我伸手去摸,断气了,真和风筝断线一样飞走了……"

校长怎样收拾场面,全体老师总动员起来消毒,都不细说。

只是把这个贫农老大娘怎么办呢?什么"怎么"也没有,镇里生产队里连句响话也懒得说。从元帅到小干部都可以一撸到底,这些老贫农本来就在"底"上,还有什么地方好撸!若还有地方调调口味,巴不得。

娟娟爸爸爱做点小头生意,人也是个讲究和气生财的,就是在小头生意上有股子犟脾气。干部们偏偏爱抓他的生意经,吓他说:

"有地方放你。"

这个和气生财的人犟得来,竟随口答应:

"好道,有地方开饭了。"

到了这种地步,那"地方"不吓人了,土地爷儿真真不好当了。

有一天黄昏前,将黑未黑。矮凳桥街上西头独家经营的供销社,本来就"乌秋",这时候和暗洞洞一样。推门闪进来一个人,柜台里的定睛一看,叫了声:

"李老师。"

进来的是李地,她下放在锯齿山林场劳动改造不知道多少年了,反正来时一个人,现在带着三个女孩子。个个好看和面人儿一样,街上的人都说罪过,偏偏三朵花开在"暗角落头"里。不过李地究竟戴着什么帽子,连林场的人也说不清。有年冬天,李地帮着街上办过扫盲班,从此街上的人,明公正道叫她李老师了。

李地闪到柜台前边,微微气喘,没事,这年月后生家也出气不匀。李地双手插兜,左右看看没人,倏地伸出右手,把个鸡蛋放在秤盘上。站柜台的不动,等着第二个。李地微微一笑,伸出左手一摊,空的。站柜台的看看那一个鸡蛋,花皮,潮湿。想是一路捏在手心里,手心一路出汗,不知是人虚还是心虚……站柜台的不多问,低头仔细慎重轻轻拨动秤锤……

正在毫厘计较的时候,李地飞快抓起鸡蛋,捏在拳头里,拳头插到衣兜里,人也退后两步,坐到凳子上。

站柜台的先也一惊,立刻听见门响,看见一前一后走进来两个人。前边的骨骼粗大,壮人新瘦,眼似青绿铜铃。后边的那位看不出来年纪,弯腰佝背像一条虾米。这个样子跟着人走,街上的人说好拾个屁吃。

站柜台的年约三十,衣着整齐,招呼前边的道:"队长,开完会了?"

队长要了一碗烧酒,端到靠街窗下方桌旁坐下,袖口里掉下一块番薯在桌面上。虾米觉着仿佛店堂里一亮,脚下不觉朝桌边蹭蹭。站柜台的也开了口:"队长今天高兴。"

队长拿指甲一小片一小片抠下番薯皮,喝一口烧酒,接上和虾米一路进来的话头:

"我不是和你说,人要知足,老古话说,知足福禄……"一般是说知足常乐,"……知足就是福,好比高桩柿……"

指的是站柜台的。原来这一位就是因高桩柿倒了霉的小干部，街上的人竟顺手拿来做了名号，这一位也答应如常。

"……高桩柿我们看他表现不错，担粪桶也担了有年数了，调他到供销社来帮帮忙。晒，也晒不着。淋，也淋不到身上。这就不用去想城里了，坐机关七长八短头发也白得快……"

队长抠下一小片一小片番薯皮，堆在桌板上，咬一小口番薯下一大口烧酒。

虾米一双眼睛不看酒，也不看番薯，那都是天鹅肉。只是盯着番薯皮，一边点头说：

"娟娟爸爸若是学学高桩柿就好了，嗨，哪里学得来呢，高桩柿有肚才，娟娟爸爸两眼墨黑……人倒还'条直'，只是爱做点小头生意，叫他不做偏偏做，偏偏犟……"

"犟是犟，人要吃饭也是'真生活'。我给他敲警钟：'有地方放你。'他随口答应：'有地方开饭了。'我嘴上不说，心里想：你做梦！真有地方开饭轮不着你，我先去了。我还和他说，你老娘在小学里放了屁，我们连句响话也不说，总不能把人家撸到外国去。你若是老实坐着喝番薯粥，多放几个屁也撸不着你。你做生意，好了，有得撸了，好了，生意生意，这回做出政治问题来了。娟娟断气的时候说：花生囤，花生囤。偏偏这个小人儿叫人心疼，满街传说花生囤，花生囤。我们听过去也就听过去了，乡下地方只晓得大老美土名叫作花旗，是个番邦。晓不得花旗也有个首都，首都就叫作花生囤……"

老古话说:听话听音。听音实是华盛顿。若争辩说音同字不同,好了,别人本来就是译音,什么字不字。这种事情本地倒有句土话,叫作"冤生孽结"。

队长嘬了口烧酒,扭扭头,说:

"李老师,花旗的花生囤,你们是晓得的。"

正好李地发现裤脚管上有泥星,弯下腰来拍拍,不出声。虾米点着腰——本来应当是点头,他代替回答:

"晓得的,晓得的。"

"只怕高桩柿也心里有数。"

又正好这位站柜台的,回身擦着空空的货架。也是虾米点腰回答。

"有数的,有数的。"

队长咬块番薯在嘴里,嚼着说:

"上面问,你们那里打击自发势力,怎么一边打还一边发呢。缘故是你们没有大批判开路,典型材料摊出来一样多,你们只会推不晓得。花生囤华盛顿,你们当干部的都不晓得那是个什么地方,他们家才五岁的小丫头,临断气还要靠着华盛顿。五岁的孩子有什么脑筋,脑是有的,豆腐一样幼嫩,还没有生筋。这些歪藤八翘都是大人的缘故。娟娟的爸爸是个老牌自发势力,你们割过他几回尾巴?割一回长一回,比先还毛蓬蓬。不挖挖立场,挖不出自发根子,你们的'心气功'就都泡汤了。"

虾米立刻答应道：

"对，对，泡汤了泡汤了……"两眼朝李地高桩柿那里一溜，改口说道，"上面说的，上面的时辰准……"

队长三口酒下肚，一问一答学一段对话，问话的讲的是"正音"，答的是本地土话：

"'华盛顿，交代华盛顿。'

"'没有花生囤，这又不能藏不能瞒的……'

"'你没有?'

"'没有。'

"'真没有?'

"'有，有，我卖过熬炒花生。'

"'什么肮脏花生!'

"'不肮脏，熬炒，卫生还是晓得的。'

"'狡赖!'

"'交代，交代。'

"'扯淡!'

"'茶蛋，茶叶蛋吧?'

"'花旗!'

"'花皮?花皮一角六，白皮一角三，把茶叶一煮，白皮也当花皮卖，这是有的……'"

队长喝一大口,笑一大笑,青绿铜铃眼睛都闪出光来,说:

"这下好了,有救了。我们这些人做梦也梦不着花旗,华盛顿朝南朝北也不晓得,怎么批,翻过来倒过去也只有两句半。批判会又不能早散,总要开到太阳落山才像个样子。他交代出来卖茶叶蛋,我心里两百斤石头落了地。眼前正好收不着鸡蛋,大家守着鸡屁股,出来一半就伸手去接,藏起来私下卖了买油、盐、酱、醋。上面催任务和逼命一样。一说到蛋,这个会半天也开不完。闹闹热热眼见天黑下来了,我心里念声阿弥陀佛,好了,功德圆满了。开这个会,比担两百斤重担爬锯齿山还吃力,还不抿两口酒,散散筋骨……"

队长喝干了酒,看见虾米一直盯着桌板上的番薯皮,一边站起来一边问道:

"你要?你吃?"

虾米连忙伸手去"捭"到手心里,解释说:

"喂鸡喂鸡,不喂不肯下蛋。"

一边又把肉头厚点的塞到自己嘴里。

队长说声酒钱过一会儿拿来,朝外走。虾米也弯着腰拾屁吃那样跟着走了。

屋里十分清净,高桩柿也不说话,只拿眼睛望着李地。

李地稍微静默一会儿,轻悄悄走到柜台前边,衣兜里伸出手来,再把那个鸡蛋放在秤盘上,只是更加潮湿。

高桩柿慎重拨动秤锤，又拨算盘珠，不多说一个字，只说：

"六分。"

说罢，拿起鸡蛋放进抽屉，静静望着李地。李地轻悄悄，但清清楚楚说：

"两分盐。"

高桩柿包一小包盐递给李地，在算盘上拨掉两个算盘珠，又静静等着李地再说话。

"两分——一分黑线一分白线好卖吗？"

高桩柿稍稍犹豫一下，回头在线圈里抽出三根黑线三根白线，拿张裁得巴掌大的旧报纸包了。李地说：

"难为你。"

高桩柿动动嘴唇，没有出声，只在算盘上又拨下两个珠子。

"——一分石笔。"

高桩柿在石笔匣里拣了一支粗点的，也包了。这一笔小到不能再小的生意，在静悄悄中进行。本来这个数目用不着算盘，可是要严肃，要庄重，就要算盘在寂静中嗒嗒地帮衬着。

又拨掉一个，算盘上只剩下一个珠子。

"一分冰糖。"

高桩柿没有动手，望了李地一眼，说：

"冰糖是成块的，稍微动动凿子，五分也不止。"

"难为你包点末末吧。"

高桩柿望着李地，还是不动手。李地不再说话，也没有改变主意的样子。高桩柿认真开动脑筋，说：

"刚才鸡蛋是六分四厘，四舍五入，四就抹掉了。不过秤杆稍微软一软，就是六分五厘，五就入，一入就是七分。"

说着"啪"的一声真叫清脆，李地眼见，算盘上多了一个珠子。高桩柿宣布：

"现在还有两分，你拿个糖球走吧。"

"我要冰糖。"

高桩柿顺下眼睛看着柜台，不动手也不看李地。

李地轻悄悄地说出一番话来：

"我大女儿笑翼四岁的时候，看一本小人书叫作冰糖甜瓜，是一个童话故事。我们在屋边种过甜瓜，笑翼知道甜瓜是什么样子，就是不知道冰糖。我说是成块的、白的、半透明的、甜的，她要一块尝一尝，我没有办法，只好说，等你上学时候，给你。以后她把小人书翻烂了，也没有再提起过。三年过去了，上学那天，我给她整理了书包，背上。她说：妈妈，冰糖呢？原来都还记在小脑筋里。我只给她一个手指头，捏着，领她到学堂去。她眼光光跟着走，我只寻些别的话来岔开。现在上学也大半个学期了，昨天放学回来，说，妈妈，大家都吃过冰糖。说着，眼睛里渗出来两泡泪水，噙着。原来老师讲到童话故事冰糖甜瓜，问了一声同学们，吃过冰糖吗？一片连声回答：吃过……"

高桩柿失声叫道："娟娟……"立刻又改口骂道："该死！"立刻又解释说，"我骂我自己。"又说："我是说笑翼也是个好孩子。"

说着回身到货架上，在冰糖糖盘上，在碎末里挑了一片指甲盖般大，指甲盖般薄的，拿报纸包起来，小小心心，不可捏碎，还要包得四方整齐……

这时，听见门响，两个人都从眼角里看见了骨骼粗大的身影，高桩柿提高嗓门，说：

"李老师，你的孩子读书一定是好的，只怕你自己，比学堂里的老师还会教呢。"

李地也笑起来答应道：

"我还会教什么呢，认得的字都拌饭吃了。"

笑着和进来的队长点点头，朝外走了。

队长睁着青绿铜铃眼睛，走到柜台前边，把一个粗大拳头落在秤盘上。高桩柿脑筋飞转，准备应对。

那拳头收回去，秤盘上却是三个鸡蛋——娇小玲珑，倒像是鸽子蛋，不过的确是鸡蛋。高桩柿心里放下一块石头，用不着为李地编两句什么话了，朝着鸡蛋笑道：

"好秀气的小母鸡，叫人心疼。"

茶

　　这个故事长一点，牵连几个年代。故事中心却又是"开门七件事"中，末末一件："柴、米、油、盐、酱、醋、茶"的茶。

　　现在有人回想大约三十年前，有的地方是三五天，也有热闹两三个月的，但，算总账时大多是一个会上，叫作高潮的两三个小时，定了乾坤。

　　小礼堂、会议室、最穷的单位就把会客室装扮起来，点起单百支灯泡，铺起雪白桌布，泡起清茶，点起清烟，书记走进来拍肩膀，张三李四都是老战友好朋友，局长走进来递茶递烟，请大家团团圈圈坐起来清讲。清讲，仿佛清唱，字面上叫作鸣放。有把一句话作三句讲的，有语不惊人死不休的，有把枕头边的眼泪，肚底角的心事端了出来的……眼光光把自己讲了进去，眼光光把自己讲死了。

　　李地那个局里，先讲的是前门砌了花坛，没有地方打羽毛球。后门厨房里做的汤菜，缺盐少油，讲的听的都清水寡淡。挡不住单百支灯泡，烟、茶和拍肩膀，讲到了局长身上，一下点着了干柴，烧起了烈火。

　　局长外号螃蟹。螃蟹有一对大钳，八条腿脚，口吐白沫，走路横爬。因此大家把团团坐着提意见，私下叫作掰螃蟹脚。

　　螃蟹这个外号，原是李地凭着少女的敏感，也是少女的糊涂，少女的想象力，也是少女的单条筋脱口而出的，不料不翼而飞了。天地良心，李地当时的依据，表面上是局长一讲话，就会有白沫在嘴角起泡。内底不过有一样说不得的心事。那是色眯眯伸过来一对钳子，吐着白沫，钳着了自己。再了不起也是"个人问题"，会上大家掰的八只脚横着爬，是些公事，李地有的不大同意，有的懵懵懂懂插不了嘴。

一天，灯下烟雾腾腾，有一位声泪俱下，歇下来调整呼吸，李地听见这边那边角落里，总有两三个人用力控制咽喉。顿觉得屋里的空气，只要划一根火柴，就会爆炸。恰恰在这时候，白桌布上有只手，从对面把一封信推到李地面前。对面坐着的是位支部委员。李地随手抽出信纸，一看，平平常常，不过是一个学校要请她去当辅导员，写信到局里来征求意见。可是信纸右上角有两行小字，不用看签名也认得是螃蟹的横字，说：李地有问题，还没有结论。真是一根火柴，点得心头火起。暗自叫道：这就是钳子、钳子。真想一拍桌子，火辣辣地统统叫出来。不过好比急火攻心，不免咽喉焦干，先要喝口水。恰恰面前的玻璃杯喝干了，只剩下茶叶在杯底。起身到门口，走廊那里靠墙放着张小桌子，桌上有热水瓶。李地倒了水，倒得急点，杯底的茶叶乱糟糟翻了上来，不能够马上喝下去。端着杯，等着茶叶沉一沉。那年，李地喝茶还没有讲究，茶叶也随便抓一把来就是。只见一片片在灯光里翻身，竟有几片闪闪着金属的光彩，仿佛镀锌镀镍镀汞的东西，这些东西是有毒的……李地的少女敏感，忽然跳到坐在对面的支委那里，觉得那眼睛里闪闪着的，就是这样的光彩。心里问道：难道也有毒？又自己回答：别人也是一种热心，不好这样随便怀疑。不过这种镀出来的光彩，至少是生硬、俗气、虚假……

为什么偏偏这个时候，当场当面把信递过来呢？是不是大家掰得虽说闹热，却都是小腿小脚，还没有掰钳子的。这一封信是掰钳子的材料。批的几个字里边，实有不能容忍的侮辱和陷害。这的确点得着一个少女的怒火，若是火花爆开，的确烧得起一场义愤——愤如焚。

这是当场当面递过火柴来了，不过他自己是个支委，为什么不自己来点呢？

他不能够吗？

一个少女就能够啦？

不点破钳子的居心，显不出螃蟹的可恶。点破了呢？对一个少女来说，无论如何是个丑闻。尽管女边水一样清，雪一样白，也还是丑闻。尽管大家支持女的，把口水吐到男边，也免不了是丑闻。过去有过把这种事拿到会场上抖开来，聪明的少女私下议论："呆大，官司打赢了也是蚀本生意。"这种事情对少女来说不是官司，正好发挥少女特长，叫胜利讪讪地挤进门来……

李地本来口干,这杯茶水却叫她恶心。啪地倒掉,换杯白开水,也咽不下去。用李地的话来说:"白开水到了咽喉,和有渣的一样。"这句话是从这里起的,从此讲究起茶叶来……

讲究茶叶,那是后话。不过这时想着茶叶,心火就退烧了。李地走回会场坐下,把那封信也从白桌布上,照样推回对面,轻声可又清楚地说道:

"这封信是给办公室的,不是给我个人的。"

对面的支部委员眼睛一眨,落下眼皮。坐在不远的螃蟹,正在面现诚恳,手脚勤快地记着提出来的意见,倒也有工夫留意这封推来推去的信,听见李地轻声的话,眼珠朝李地一横,哟,李地看见了更加像是电镀出来的光彩。

不多天,局里忽然阴静了,走路无声,说话无元气。头头们都看不见了,关在小屋里熬夜,熬得眼睛和酒糟一样,研究出来就是那一天的会,是这个局的鸣放高潮。把那一天的表现,作为分配帽子的主要根据。螃蟹说:

"我看见把那封信递过去了,硬起头皮等候重型炮弹落下来,没想到李地倒还有组织观念。"

因此,李地没有摊到帽子。

现在有人把当年这些事,叫作"历史的误会"。还没有人把那些会,直接叫作误会——开了个什么会呀?开了个误会——没有这个说法,倒是可惜。

李地从此挑拣茶叶。也和多数外行差不多，先在名目上认真。"香片""毛尖"李地不喜欢，觉着俗。"旗枪""龙珠"也没胃口，太实。"雨前"好，叫人想起江南早春，山上朦朦胧胧滴得下水来。"雀舌"那意思和"毛尖"也差不多，可是叫人觉着幼嫩、灵巧、新鲜。

　　这时候，李地在锯齿山上听说一个故事。锯齿山是个山圈，圈里圈外少不了佛法道场、寺院庵堂。大地回春，新绿初吐。和尚尼姑把花生装满麻袋，挂在门口树上。黄昏，老猴子先来看过，一声呼啸，小猴子们从山岩上树丛里扑了出来，把麻袋抬着拖着背着走了。过了几天——一定会有这么一天，清早，和尚或是尼姑做罢晨课，推开山门，云雾朦胧中，看见麻袋重挂在原来的树杈上，立刻双掌合十：

　　"阿弥陀佛——呸噪，老猴子是个算盘精，今年的花生是有丁点空壳，你看就不把麻袋装满。"

　　说着走到露水滴答的树下，解下麻袋。麻袋里边，花生换作茶叶了。本地人情来往上的土话，叫作"回盘"。若照文理说作"以物易物"，那太生意经了。

　　这"回盘"的茶叶，是深山绝顶上的野生茶树，刚吐舌尖的新茶。那些地方常年云雾缭绕，个把采药的人非去采宝不可，也要带些花生把猴子作买路钱。

　　这茶叶也有名目，这名目把传说若隐若现，叫作云雾茶。有的茶叶清淡爽口,有的浓重苦味。这云雾茶多放点茶叶,到口发苦,转口发清;少放点茶叶,到口清爽,回味却浓。两者得兼,好像做官和作诗,两样都拿手。

矮凳桥老小都知道这个传说,说起来都有鼻头眼脑。不过要打听哪一位真真亲眼见过?他们就反问:这是军机大事吗?这样认真做什么?和尚都一个个勒令还了俗,讨老婆做生意去了,尼姑庵里晒着尿布。猴子现在只有动物园里还有几个,好比蹲在"孤老堂"里等死。现在不论矮凳桥还是锯齿山,都是钞票满天飞,留下个把神话传说听着就是了,你还认真?

要认真,就要认真抓钞票。和尚、尼姑、猴子都不见,云雾茶却有茶场养出来,茶厂做出来,不装麻袋装塑料袋,出国放洋都有份。今非昔比,寺院庵堂哪有这等阔气!

李地虽说没有摊着帽子,也难免下放劳动。这里三个月,那里小半年,等到锯齿山放个卫星办起林场,李地就树一样栽在山上了。

李地只晓得局里把她当包袱甩掉。她的身份干部不是干部,工人也不是工人。受审查又没有审着查着,没有帽子又顶着个不锈钢板子。

刚到锯齿山时,身上热气未尽,兴兴头头和后生家比着挖树坑,别人挖两个,她拼命也挖出一双来。夜里筋骨酸痛,还熬着给"战报"刻蜡版,得过场长的表扬。这位场长一身乌黑，不像是晒出来的，倒像是染缸的产品。偏偏脑门上有几个白点子，是白癜风吧，衬着黑皮好比黑夜的星星。

大家叫乌场长，不叫黑场长。本地土话乌和黑有一点区别。本来该黑的叫作黑，本来不应当黑却黑，叫作"乌了"，"乌抽了"，"乌干了"。乌场长爬山如走平地，两只脚自会步步高，用不着加大"肺"门。他也拿锨拿镐，但来回走的时候多，拿尺量地，拿手指头数数，把大家脱在泥地上的汗衫收起来，搭到树杈上。把女的叫到一边，小声通知休"例假"——他能从面色上看出"例假"来吗？

卫星工程——引水上山刚刚开始，伙食已经紧张起来，干稀搭配，菜汤没有了油星。工地上的休息时间，由一支烟到两支烟、三支烟，还懒懒散散把哨子当作猫头鹰叫。

有天晚上李地印好"战报"，已是下半夜。这种"战报"油印单张，上有新闻有诗歌，凑巧连社论都会有的。自编自写自刻自印发行，讲究一人独吞。起初送到区里县里，广播站还会采用一段，后来就捆作一捆，塞在柜顶上或是床底下。起初工地上休息时，组长叫组里的文化人读一段，后来是卷烟、擦屁股派了实际用场。李地早把定期改作不定期，乌场长说："放卫星不出战报，好比哑佬娶亲。"催了三遍，李地才熬个夜出一张。

下半夜两点，李地摸回家合一合眼睛，路过厨房外边，看见有点火光,心想做早饭还早。走近一点,闻见油香。谁要是连吃半个月没有油星的菜汤,隔两里地,都能叫油香牵住鼻子走。李地不觉走近厨房,看出来有火光又没有灯光,自然放轻了脚步,不过两只脚还是叫油香哄着。走到门外,半开门,朝门缝里一看:乌场长坐在灶洞那里,那是烧火的位置,火已烧过,残留红光。两手都抓着油条,正朝嘴里塞,塞得满嘴,三十六个牙齿正如"战报"上的诗:"猛打猛冲干干干,一鼓作气战战战。"

李地是见过世面的主顾,心不慌,肉不跳,细细观看起来。只见那张嘴能够张得簸斗一般大,火光里,手上脸上的乌皮都油光光,脑门上的几点白癜风都油星星。这几个白点本来早叫李地觉着怪异,只是吃一亏,长一智,没有心思起外号。不想意外的遭遇,叫老毛病发作,不禁要比方个什么还没有比方出来,眼角上又看见了一个人。

这人是个新媳妇,当姑娘时就叫作"雀跃",也是矮凳桥的一朵花,现在厨房当火头军。什么叫"雀跃"?本地人一听就明白,翻作文字却又难得"落字"。只好请外地人望文生义,再稍加想象。

"雀跃"站在灶前,油锅已经收拾过了,手里拿着毛巾,是洗脸洗手吗?只见领口散开,暗地里胸脯闪白,眼睛闪亮。"雀跃"生成一双眯眼,眯到闪亮时,好像那眼珠缩到洞里去了，洞中就有春情荡漾起来。

李地倒觉着好笑。这几年见识一多，以为若只是这样恶作恶作，不过是苦中作乐。李地悄悄走开，当作没有看见。

引水工程中有个硬仗要打，开一个山洞。有天中午，李地在洞口里边蹲着，量量尺寸打算写一条豪言壮语，好比说"叫山肚穿孔"。乌场长从外边进来，正好，火头军"雀跃"从洞里咯咯笑着跑出来，洞里嗡嗡了一阵，不知道是"雀跃"推了哪个男人一把，或是男人摸了"雀跃"一下……乌场长喝道：

"以后送饭送水，只用送到洞口。里边黑，摸不着碗，叫人乱摸、乱摸。"

两人都没有看见蹲着的李地。"雀跃"口念"战报"：

"送佛送到西天，送饭送到火线。"

眯上眼，哧哧笑，乌场长把她叫到身边来，就在洞口那里，又小声又着重交代了几句，李地只听见着重的几个音：

"……危险……会坍……"

李地一屁股坐在地上，这可不是恶作，是作恶了。转过来一想，说不定是这个乌龟吃醋嚼舌根……

打山洞越来越吃力，乌场长宣布把工程后期放的鱼塘，提前放干，改善伙食。放鱼塘本来是一件喜事，大人也跟小孩一样围着看，早早卷上裤腿，网兜拿在手里，水桶放在脚边。闲话多得很，说这个鱼塘下过几回鱼苗，鲫鱼多少，草鱼多少，白小鬼是数不清的……眼见水一寸寸放走了，没有一条鱼蹦一蹦，钻一钻，看的人都说不出话来。鱼塘露了底，只有烂泥，一条鱼毛也没有。你看我，我看你，小眼睛如铜铃，大眼睛如灯笼。疑心叫人偷了吧，哪个贼有本事偷得这样干净。是不是鱼瘟死完了，又没有人见过死鱼漂起来，鱼是不会钻到烂泥里去死的。剩下只有一句话：叫山魈"闪"走了！这句话又不好一口叫出来的，怕得罪了山魈，"闪"走自己家里的七长八短。

忽然，几个人一齐欢呼。烂泥中间，有个什么东西，拱了拱，袤了袤。嚯哟，总有猪儿那么大！啊呀，全身乌溜溜！吓噪，是一条鱼！一条大鱼！不等把鱼捉住，早看出来是条乌鲤，乌鲤！乌鲤是土名，大名叫作七星鱼吧。身上乌黑，脑门上有几点灰白点子。乌鲤乌鲤，这东西是水里的饕餮，会把一塘的鱼吃光。这东西脑门上有几个星，就有几条命。开了腔，摘了五脏，放到水里还会游着逃命。这东西外貌难为情，内里倒又白嫩、细腻、鲜美，炒做鱼片上得头等台盘。原是囫囵吞了同类做营养，养出来一身贼肉。

什么人都不怕的"雀跃"，却怕乌鲤。对什么人也有戒心的李地，却只把乌鲤当作一条鱼。李地帮厨做鱼，忙到天黑才开饭。

第二天早晨，李地起来先泡茶。这时候她已经把喝茶提到"开门七件事"之首。茶叶也专用云雾了。李地一手拿着玻璃杯,一手冲开水,只听得"嘣"的一声,手上只剩下一圈杯口。开水烫着脚背,碧绿的茶叶和碎玻璃撒了一地。

李地一想,听人说过,做鱼吃鱼时拿过的玻璃杯,特别是胶多的大鱼,胶质粘到玻璃上,见开水会炸。这本来也是个做道理处,做到这里就够了。不料又带笑想道:乌鲤显灵了。

笑着,心头一跳,有个形象蹦起落下,落在另一个形象上边,两个重叠成一个。一个是乌鲤,一个是乌场长。这感觉本来放鱼塘时就蹦出来过,李地不等落下就甩开了。现在牢牢地重叠在心里。

五十年代李地把口吐白沫的局长,和螃蟹重叠在一起,弄得一世受用不尽。后来自下禁令,每到禁令边缘,自会汗毛倒竖。不想这回一炸玻璃杯,又炸出来一个重叠,自己的脚骨都软了。

上班钟响,也仿佛隔山隔水。李地站不起来,也不想勉强站起来。

站队的哨子吹过去又吹过来——当时实行"军事化"。李地心里叫道:乌鲤,乌鲤,会吃同类,会把林场全吃下去,吃得乌皮油光光,皮里的肉细腻白嫩,脑门上星星闪闪……

李地瘫在椅子上,大约两个钟头,听见轰隆隆一片声响,李地也没有警觉。接着人声叫喊,脚步杂乱,皇天三宝都哭出来了……

山洞坍方。上班的人只跑出来几个,乌场长也埋在里边了。"雀跃"送水到洞口,没有朝外跑,倒朝里钻,也受了伤。

惊动了矮凳桥镇上,组织力量抢救。到了第二天下午,听见里面有声音朝外挖,赶紧对着声音朝里刨。两边一打通,只见朝外挖的就是乌场长。他又缩回去,把受伤的搭出来,把死了的抬出来,自己最后走出来。只有他一个人手脚齐全。真是有几个星有几条命,真是个乌鲤。他看见李地,神志清醒,说了句别人还没有想到的话:

"你天天上班,偏偏今天请假。命里有救星。"

从这以后,李地三顿饭放下饭碗,都要泡一杯云雾,水要新开,杯要玻璃杯。不为解渴,为的看一眼碧绿的茶水,还有茶叶的浮沉。就是忙得腿肚子朝前,或是心乱塞着一团麻。端起玻璃杯,腿肚子也会正过来,心口那团麻也会化开了。

光阴好像流水。李地不明不白落在锯齿山的光阴,正如矮凳桥溪,日夜哈哈哈地哈着气,幽静里有阴森,平坦里埋伏着礁石和石头滩,还有那神秘的桥洞。李地喝着茶,管自生下三个女儿,一个个"十八变"才变到一半,就叫锯齿山和矮凳桥街上都说:要把后生家想死了。

所有的辛苦,所有的烦恼,所有的乐趣,仿佛都是一杯清茶做主。这茶里的缘故,李地却又深藏连和女儿也不说。暗想这才叫作不解之缘。解不开,也不好解释。

山林荒僻。十年浩劫落到锯齿山山口林场的时候，乌场长已经"闻风而动"，到矮凳桥镇上造反去了，成了造反派。

老古话说："在劫难逃。"矮凳桥，锯齿山，无处不在劫中，想逃也无地缝好钻。一天，山上也贴出了"第一张大字报"。贴的地方也和许多单位一样——饭堂。林业工人手粗，字写得叉手叉脚，又舍得用墨，墨水眼泪鼻涕一样挂下来。最后一句也是传遍全中国的之乎者也："何其毒也！""外带西方引进的！"

外边的世界已经走进敲锣打鼓，迎接最高指示阶段。林场的"第一张大字报"虽说姗姗来迟，好比俗话说的拜一个晚年，究竟也带来做喜事的兴头。饭堂里走进走出，无不在大字报前面站一站，无不笑起来，无不一张嘴的两个功能同时使用——又吃饭又讲话。当场就有张三李四，要写这个那个贴一贴。有斗大的字认不得几升的，当场寻着李地"代书"。"代书"原是一行生意，要讲价钱的。这时群众手里擎着个大题目：支持不支持革命？无价钱好讲。李地先是沉默，等到众人的眼睛盯在她身上了，才笑笑，大声叫和乌场长近的远的人都听得见！用反问口气表了态：

"我吃了大猫胆了吗？还敢不支持革命？"

其实李地的血，早几天就热起来了。本来喝了这么多年的清茶，自以为里外都已清净淡薄。哪晓得自己的血里面，好像有生成的发热基因。李地由给不识字的"代书",发展到给识字的"代抄"。"代书"的都是三言两语,土话叫作顶心拳的。"代抄"就有引经据典、下笔千言、离题万里的批判文章。李地都放下细心,照着原话,又把自己的思想掺进去。这种时候,李地心跳,觉着热血好比在地下的河流里翻滚起来。

李地计算:这是自己第三次血热。第一次在五十年代,第二次在六十年代前后脚。这第三次不由自己,仿佛是叫"热头气"熏热了。

李地在大家眼里起码是个犯错误干部,起码!有人还说她看起来文静,待人"细漾漾",其实是个拉硬屎堆的。弄得像个没有娘的孩子,掼在山场上谁也不管。也只有乌场长这样的角色,有伎俩派她当生产组长。现在别人闹革命没有工夫生产,也还只有李地不能眼看着小树干死了,老树叫虫吃了,自己加班加点浇水打药。里里外外,又支持革命,又支持生产,忙得日夜颠倒。闹生产的可怜她的可笑,闹革命的可笑她的可怜。

她的大女儿笑翼二女儿笑耳,住在矮凳桥中学宿舍里,放假才回家,小女儿笑杉也托给林场幼儿园。她自己天天夜里摸黑回家,连壶开水也懒得烧,扑到床上就眯过去了。早晨有时候月亮还挂在天边,就有人来叫门。那天有人叫了叫跑了,李地抬抬身体又放倒,半醒未醒。跟着又有人擂门,叫道:

"快走快走,集合集合……"

边叫又边走了。什么事情这样紧急?若是平时不是失火也是走水。这些日子大人都犯小孩子脾气,动不动有股子"人来疯"劲头。走两步路,也像是穿着外婆才送过来的新鞋。

李地支撑着起床,烧开了水,洗了洗玻璃杯,没有吃鱼,也少不得洗一洗。多放点茶叶,正要平日那样端到饭桌边上,眼睛却落在衣柜角落里。这是衣柜和书架中间的空地,一尺多宽,派不了用场。站个人进去,也像站在站笼里。这个角落天天在眼面前,偏偏这一天吸住了眼睛。初冬新上山的太阳,从窗户上格斜着进来,红红的,落在黄黄的衣柜上。好像是新发现的:平和,暖和,温和……怎么早先没坐到这儿来喝茶?

李地拿张小板凳塞进角落,把自己贴着衣柜缩进去坐下,好比小孩子玩"藏猫"。把玻璃杯放在书架上,碧绿的水色正好在眼前……

一片童心,忽然无端,如雾,是升起也是落下。

在那悠悠的年月,冬天,老人和小孩都要寻个背风地方晒太阳,一晒半天半天,土话叫作"晒晒暖"。老人晒着过去,小孩晒着未来,其实正晒着的是现在。有过去和未来好晒,现在的艰难就晒淡了,现在的纷乱也晒化了。现在,暂时,又暖和又安静……本地人不论在什么时候,一提"晒晒暖",就会出现静定的微笑。

云雾茶泡开了,深山野岭上,新春的嫩绿化在杯里水里。茶叶经过滚热的冲击,经过变形变色的混乱,现在静定在嫩绿的水底,有的在沉思过去,有的冥想未来,有的还悠悠的上下飘浮,懵懵的左右横移,不过,全都暂时静定。

外边有七八个人,有男有女,一阵风一样竟撞开大门,叫道:

"李地李地,出来出来,快走快走。"

一个女的求着人说:"我要煮饭……"

不等说完,一个男的喝道:

"都要去都要去,一个也不能少。"

说着推开了屋门,衣柜挡着眼睛,女的说:

"咦,没有人。"

"只怕上山了。"

那个男人下命令说:"到山上叫去,眼见树死了,也要去矮凳桥。快走快走。"

李地心头一跳:当真,响来响去的雷还是打下来了,到矮凳桥揪乌场长去了。

李地一点劲头也没有,一声不响,听着七八个人乱糟糟走远了。只觉得多少天来的肌肉板结也随着柔软了,紧张的神经也随着松散了……

老托尔斯泰在小说里提过一个问题，人究竟需要多少土地，结尾是只需要躺得下来那么大。中国老古话常说一抔土，一个土馒头。本地土话有把人叫作馒头心——就是馒头馅儿。若这么说，现在提倡火葬，土馒头都用不着，立锥之地都不需要。

现在需要的，是静定。永久的静定是死亡，暂时的静定是生命的滋味。人要生活、要工作、要斗争、要前进，这些是不管需要不需要，一定会来到。"树欲静，而风不止。"阿门！此时若问需要，李地的回答是：静定。实际倒也容易，只要一杯绿茶，一个衣柜角落。

李地静定了一天。夜里听说这天到矮凳桥去揪乌场长，人家在那里已经有了战斗组织，占了座楼房，挂了棺材板——本地人用这三个字称呼衙门牌牌。乌场长躲在三层楼上，楼下有把守大门的，只准推三个代表进去。大家站在门口喊"语录"，"语录"喊不应，也不知道谁先动手，轰隆打了起来，楼上朝下掼石头，浇开水，大门口抢棍棒，放鸟枪、气枪。这边组织进攻，叫着冲呀，跟我来，"下定决心，不怕牺牲"呀。砍刀、梭镖、扁担，还有双响炮仗。轮番冲锋，冲进大门，一层一层朝上打……说的人说不过来了，就说：和电影上演的一模一样。也有伤亡。

第二天，叫李地去开大会。一进饭堂，满眼是花花绿绿的纸张：横标、直标、大字报、小字报。纸张上，满眼是"×"，顺写的名字上有"×"，倒写的也有"×"，大人物上打"×"，小头头上也是"×"。黑墨的"×"挂下来点点黑泪，红墨的"×"流着条条红血。这个"×"不过两笔，若是一横一直就是红十字，叫人觉着和平。若是一上一下平行，是公正的等号。为什么一交叉，就杀气腾腾？不知道多少年前，把人绑上法场去杀头，背上插的"监斩牌"就打着"×"。也许还要早得多，是上古的巫发明的"×"，巫这个字里就藏着两个"×"……一开门，风灌进来，"×"飘飘忽忽，"×"窸窸窣窣。前两天还是做喜事的兴头，一下儿变作办丧事的灵堂。

原本有一个一步高的讲台，现在坐着站着造反派。台口是乌场长，叉开腿，弯着腰，两手朝后上举，叫作喷气式。身上挂满红绿纸条，条条有"×"。头戴一只铅桶，铅桶也打着"×"……满眼的"×"，满屋的"×"。

李地看不见乌场长的眼睛，只见乌黑的脑门上，那白癜风好像也是个"×"，朝地上滴着汗珠。

叫着口号，叫着名字上台陪斗，竟看见了早已不在伙房的"雀跃"。"雀跃"才朝前走一步，有人朝她头上套下一串破鞋，皮的、塑料的，还有烂糟糟的草鞋，臭烘烘的小脚鞋。"雀跃"挺挺胸，抖抖肩膀，有人拿粉笔在她背上打了个大"×"。"雀跃"一步上台，扭了扭腰肢，走出两步"台步"。也有人喝彩,笑,骂出下身来。

台上问什么话,乌场长用力抬抬头回答,李地这才看见了他的眼睛,那乌油油汗水淋淋中间的眼睛,竟是静定的!

李地心里一凉,不禁看看周围,周围的眼睛上都是"×",都是"×"。凶狠的,刁钻的,笨头笨脑的,糊里糊涂的,恶作的,狂热的,嬉笑的,滴着黑泪的,流着红血,各色各样的"×"们。偏偏只有这个会吃光同类的,叫七手八脚抓住,只差开膛的乌鲤,那眼神,嘿,静定!当真会有七条八条命,开了膛也会游出去丈把两丈远。

李地眼花头晕,偷偷朝后缩,摸着墙摸出饭堂。

以后也有人要揪李地,要抄她的家,要她交代问题。倒也有人拉她参加战斗组,叫她"代书""代抄"一起打派仗。李地都笨笑,只管上山浇水、打药、松土、剪枝。一早一晚在衣柜角落里坐一坐,泡杯云雾茶,看看颜色浮沉,过过口。

可怜和可笑她的人,倒都认为既是贱骨头,随她自贱去好了。从此锯齿山上都叫作翻天覆地的种种事情,在她,也近在眼前远在天边了。

一个头上顶着不锈钢板子的人,竟平安过"劫"。"开门七件事",茶算老几?

梦

这个故事发生在八十年代,也就是眼面前的事。

眼面前的矮凳桥忽然变作花花世界,叫老人家都不放心,擦擦见风流泪的眼睛,仔细看看,哟,花花朵朵脚下,还是陈年八代的破砖头烂泥,老伙计都还在这里。生意场上,老古话都造反一样兴头了:"无酒不成市","烟酒不分家","烟酒开路"。酒楼饭馆的墙上、门上、窗上,竟有骚人墨客题道:"话不投机因无肉,人逢知己是有酒。""宁可居无竹,不可食无肉。""店小名气大,酒好醉人多。"街上铺路的石板,也软绵绵暖昏昏,人踏上去,脚底心先就醉意朦胧,春情荡漾了。

从酒楼里走出来的人们,又分等各别。有的虽说气色绯红,但神志冷静,手脚机灵,他们爱靠近街边走,三步五步一闪,钻到自家店面里去了。这些是东道主,是到酒楼放血的。有的把中山装散着领口当西装穿,有把西装连衬衣卷起袖口好划拳,好从汤汤卤卤上边过,是穿中装的办法。这些人嘴里衔着牙签,还衔香烟,还要翻转舌头北调南腔,他们是批发客人,在街上横着走过来,斜着走过去。还有的整整齐齐穿一身蓝布或是灰布制服,虽说红光满面油光满嘴唇,却摆出来全无滋味应付差事的面孔,爱走街中央,不慌不忙。就是万头攒动,蚂蚁也没有缝好钻的地方,他们走过去,自然会闪出一条路来。这是本地的大小官员，花花朵朵在他们眼里，好比豆腐咸菜。不过心里打的什么主意，老百姓猜也不晓得从哪里猜起。方德贵县长是个"酒龙"，喝老酒和喝水一样，现在肚子胀胀的过街到镇委会去，心里说：

"你们看看吧，矮凳桥不叫矮凳桥，叫作小香港了。再不扳扳车头，明天就会比香港还香港。"

通用局长跟在后边，这位是小酒人，大吃家。白鸡烧鹅原是命，见了海参鱼翅会把命也革了。他走过一座三层木头楼房，眼角里看见挂起一块油漆新招牌。不及细看，却警觉这是女镇长李地的大女儿赚下来的房子，楼下的店面是二女儿经营着，老招牌叫作"舴艋舟"，你说奇不奇，花样经多得很，这块新招牌少不得有本戏好唱。……心里一跳，叫声啊呀！我们这个公审大会准备了三个月，从头到尾都没法子瞒着李地，那原是专门放在她的镇上开，压一压矮凳桥的"热头气"，瞒不得镇长。为了扩大教育作用，还有陪斗、听斗。分别对待——这一套局长是熟路，在脑筋里油炒荸荠一样又滑溜又清脆。李地的大女婿憨憨陪斗逃也逃不了，和小女儿来来往往的车钻，只怕也是指名到会听斗的角色。没有点到大女儿笑翼头上，已经算是留个面子给祖公爷。不过这些人都是有翅膀的人物——先前叫作尾巴，现在尾巴变作翅膀了。我们这里审出个天来，他们也只看作草帽般大。我们这里还没有审，他们那里倒挂出新招牌来了。可惜刚才直起眼睛摆架子,没有看清楚。现在若是回头去看,去看就显出特别关心了。现在的事很难说,你说香港是臭的,他说是香的,又有的说也香也臭,还有说香的拿进来,臭的踢出去……这都说不清,也还说不定,先开只眼闭只眼稳当点,等"热头气"过一过好商量。

局长好脑筋,牛皮筋样转得过来扭得过去……这"热头气"是本地土话,原是南方夏天的太阳,会把地面晒出气味来,不但皮肤觉着烫,还会钻到鼻孔里,又打不出喷嚏。

一行官员一步是一步地走到镇政府,上楼,走进会议室。不比街上,楼梯和楼道都属政府机关。这里有自然习惯,或是习惯成自然。要鱼贯而行,顺序而进。这天是方德贵县长官位最高,自然他领头。后边是局长,局长不止一个,通用局长明显的资格最老,自然行二……

镇办公室主任是位刚转业的军人,还穿着草绿衣服。偏偏文静,招呼大家坐下,细声说话,大家听不清也用不着听清,知道是招呼就是了。有个女孩子泡了茶来,主任就帮着端茶杯,自然,第一杯端到方县长面前,方县长问道:

"李镇长呢?"

当兵的主任恭恭敬敬回了句话,这句话方县长是要听清的,也还是听不清。照旧想道:李镇长呢?

主任回身去端第二杯茶送给通用局长,局长也问:"李镇长呢?"

主任也恭恭敬敬回了一句,局长听出来是"喝茶喝茶"。想道:李地是喝好茶的。朝茶杯里一看颜色,却是大路货。当兵的主任再端第三杯,以下就是女孩子帮着端了。这女孩子穿紧身套裙,——这裙看也还好看,就是名字叫人笑:包臀裙。光生生丝袜,空落落高跟鞋——"港式",比一屋子的领导都阔气。

"李镇长呢?"方县长还在反复想着这句话。

主任看看在座的都有了茶了,才说:

"李镇长县里去了……"

话才半句,县长局长还有这个长那个长都在酒后,接二连三抢出问题来,当兵的主任也不作兴提高点嗓门,下边的话就谁也听不见了。只听见大家说:

"叫我们来开会,她倒走了。"

"她是不想开这个会。"

"怕动手术。"

"俗话说,开刀千好万好,也伤元气。"

七嘴八舌中,当兵的主任有一句话落在夹缝里,叫大家听见了:

"……调查组把镇长叫了去……"

通用局长立刻不说话,找一张元宝式的单人大沙发坐下,他"通用"了二十多年,好像只有这一回的调查组"用"不"通"。来的人单位很大,大到顶在天子脚下,年纪又小,行动像个"老插"。通用局长这回摸不着底细了。

别的长们有的端起茶杯,有的剔牙齿、打饱嗝、揉肚子。方县长也选一张元宝式单人沙发,这两张沙发若合在一张,正好是个大元宝。现在分开对面放着,方县长坐下时想道:"调查组把镇长叫去了……"他在元宝里半躺下来,和对面通用局长差不多是脚碰脚。继续想道:"调查组把镇长叫去了,调查组把……"

"港式"女孩子走进来,在主任耳朵边说了几句话,这位当兵的轻轻宣布道:"来了电话,调查组和镇长动身回来了,请大家稍等。"

有几位走出屋子自寻方便。方县长半躺着努力想道:"调查组和镇长动身回来了……"酒力悄悄地爬上来摸着脑力,县长还挣扎着想道:"调查组和镇长动身回来了,调查组——"他的思路是原地踏步。忽然呼噜一声打了个鼾,自己听着也像猪拱槽头,也还接下去想道:"——和镇长动身回来……"以后就自己不知道自己了。

通用局长也半躺在元宝沙发里,心里转着圈子,他知道转圈子是自己的拿手好戏,通用了二十多年……张三十个肖梨,卖五个给李四,五个给王五,也还是十个,没有多出一个来，没有创造财富——一圈。张三十个肖梨，没有卖出去，李四王五没有肖梨吃，张三吃不完，烂掉，等于没有十个肖梨，没有财富——又一圈。张三十个肖梨，卖把李四，李四卖把王五，张三、李四、王五都赚了钞票，肖梨十个还是十个，钞票哪里来——又又一圈。张三、李四、王五都自做自吃，不买不卖，天下太平——转回去半圈。做肥料的吃肥料？做锄头的吃锄头吗——又转回去，转到哪里了？把人都转糊涂了，脑筋也转不动了，哪里了？糊涂了……

均匀的鼾声，烟、酒、肉混合的气味，空气也沉甸甸，光线也昏昏沉沉起来。会议室好比沉睡的山洞。

只有当兵的主任坐在桌子边上，抓紧时间看着几张表格。表格联系着外边的花花世界，那世界里日新月异的花样经。屋里沉沉，连时间也中了魔法"定"死了……主任听见有人咬牙、磨牙床，有人咕噜咕噜。啊，这里还有一个睡梦里的世界，在那里大脑细胞没有休息。也可能有激烈的争吵，可能转出个圈套叫别人钻，钻了进去就出不来。可能原地踏步地飞起一脚，踢别人一筋斗。可能把酒当水喝，把水当钱花，把钱当肉吃，把别人的肉贴在自己身上，把自己的肉腊起来……

忽然，嗵地，方德贵县长从元宝沙发里跳起来。主任从来没有见过县长有这样大的劲头，这样猛的动作。县长用力睁眼睛，也只睁开一条缝，胸脯大起大落真是风箱一样……

主任秉性文静,虽说吃惊不小,却还没有叫出声来。倒是想着过去拍一拍县长,扶他坐下,不过没有来得及……

嗵地,对面元宝沙发上的通用局长,也直挺挺跃起来,两眼半开,紧咬牙床,腮帮蹦筋。县长和局长,这样面对面站着。

主任的两条腿,一时竟不听指挥,支不起身体。

突然,只见县长飞起右手,一个巴掌拍在局长脸上,那是拍得死一个乒乓球的。忽然,局长也飞起右手,一巴掌仿佛打条蜈蚣,闪电般落到县长脸上。

主任叫了声天,没声音,连声带也吓哑了。

不过,不要紧,两个人都只是眯着眼睛,喘着粗气,一,二,三,竟同时朝后边一坐,又都半躺在元宝沙发里,胸脯起落,呼呼沉睡。

当兵的主任眼见屋里又是昏沉沉的岩洞,空气凝固,时间叫魔法钉死。……不觉起了疑心,莫非自己在做梦?或是在人家的梦里充当了见证人?低头看看表格,已经捏成纸团,赶紧摊到桌上,伸开手掌熨平,手心冷汗水湿。

主任盯着表格,表格上的字一个也看不进去。自己的心思倒走出来了,一丝丝地钻进了表格,条理分明起来。第一格是这两位都在做梦。第二格填着两人做了同样的梦,即两人同在一个梦中。这事虽说稀奇,却常有听说。括弧:(今日得见,如中头彩。)第三格上写着问题：为什么互打巴掌?查此二人并无打巴掌之历史背景及现实因素。再有些推测之词，只能填到备考里去：若掌打李镇长，倒有蛛丝马迹。不但可以意会，且有言传在耳。然事属太虚梦境，实难外调。若非取得二人以上之直接证明不可，目前只可入档暗挂……

这时，"港式"女孩子推开门，在门口招呼：

"来了，来了。"

立刻皱皱眉头，噔噔地走进屋里，"啪啦"打开一扇窗户，"啪啦"再打开打开……

主任随着清醒过来，起身叫道：

"来了来了。"

睡着的都睁开了眼睛，听见楼梯那里有两三个人的脚步声——是笑着说着走过来了。

打头走进屋子的是调查组长，这时屋里的人全都起立面向门口。方县长只是垂手站着，没有近上前去，别人也只好先不动步。方县长面露笑容，却把眼皮耷下来望着地面。这位调查组长实在太年轻了，长头发乱蓬蓬的简直是个"老插"，方县长不忍细看。

通用局长只好从县长身后轻悄悄走开点，仿佛无意中发现自己站在最前边，这才慌忙抢两步去握手。

跟在后面进来的就是女镇长李地，今天不穿天天穿的深蓝制服，穿了一身白西装白运动衫，竟有女大学生的派头，连眼睛也开着花，气色热腾腾红扑扑，莫非血也烧开起花了。

等到大家次序坐定，调查组长笑道：

"对不起，让大家久等了。因为发生了一件意外又不意外的事情，李地同志拿来一个报告：辞职。辞掉镇长，去当舴艋舟纽扣工艺公司经理……"

通用局长脑子里一闪：街上李地女儿楼门口，那块看见又没有看清楚的新招牌……

"……这件事情我做不了主，带她到县里找书记，书记基本同意了。"调查组长回头和李地说，"是有条件的，你不要只管笑。"

李地还是笑着不说话。

方县长想道："辞职。"再想道："辞职。"这两个字的意思那是明明白白的，不过当了几十年干部，不但自己没有用过，也没有批过这两个字的报告。因此继续想道："辞职……"

通用局长本来拿手的是转圈子，心里已经演习过成串的圈子了。这一个辞职，却哪个圈子也圈不进去。仿佛一闪，闪到了大小圈子外边，因此嘴巴也生锈转不动了。

调查组长看看场面，和李地说：

"你说两句吧，提供点情况帮助大家思考。"

李地点点头，伸手去拿桌上的茶杯，她若说点有斤两的话，总是先喝口茶的。站在她身后的"港式"女孩子，碰碰她的肩头，递上来李地专用的玻璃杯，泡好了她自备的云雾茶，李地看着碧绿的水色，收起了笑容，不忙开口。

"港式"女孩子又在她耳边说了句什么，李地也点点头。女孩子回身打开靠墙的柜子，搬出一摞塑料盒子，每个盒子上都有一张大红请帖。主任也站起来，帮着一份一份送给大家。自然，没有规矩，不成方圆，第一份先送到方县长面前。

大红帖子印着金字，是公司开张喜帖。这样讲究的帖子拿在内行人手里，那是闻得见山珍海味、茅台白兰地的，不禁内分泌袅袅地暗自活动起来了。

只有通用局长注意到，定的日子，恰好是暗中准备开公审大会那一天，他眼皮一眨，心头原地转了个一百八十度。

塑料盒子是透明的，里面五彩斑斓。主任、女孩子都说："样品样品。"

李地补充说："也是纪念品，纪念品。"

里面粉红丝绒垫上，别着十二个圆形纽扣，纽扣是木头浮雕着动物，一个一样，正好是十二生肖。颜色和形象都和动物的本色又像又不像，也不知是什么派。现代派和民族传统到了分不清的地步，若用现在作兴的话来说，说得生意经一点，叫作"高档"。说得理论经一点，是"启示力的厚度"云云……不过这屋里的人都不管这些，这点点木头是什么派也不值一文钱，那闪亮的托子怕是好东西，不像电镀，若是银子就值钱了。

十二生肖中间，还嵌着一个竹片雕刻的鲤鱼，鱼头鱼尾部极力上翘，鱼身弯得像虾一样。这是跃龙门的腾飞鱼，也是吉庆有余的谐音鱼，是装饰的艺术鱼，可以扣在领口，可以别在小孩的帽子上……竹片算什么，那竹片身上网着金丝网，网眼正好是鱼鳞。金丝当然是合金吧，若是开金，那还了得！

大家研究的结果，无论如何都是贵重的礼物。喉咙痒痒的要说话，只等方县长先开一开口，好顺序而言。方县长看看左手的帖子，看看右手的盒子，原先准备下的当面锣对面鼓，全用不得了，想道："想个新词。"想着说道：

"恭喜恭喜。"

老古话说：千锤打锣，一锤定音。其实应当颠倒过来，一锤定音，千锤才好打起锣来。屋里响起了一片的喜言喜语。通用局长一口称赞竹木工艺，无视金银。

调查组长这位"老插"也喜洋洋地和李地说：

"我看你总有两三天睡不好觉了。书记一同意，你一上车就睡着了。才有现在的精神头。"

李地盯着碧绿的茶水，好像反问自己：

"我才两三天睡不好吗？"

"这一点观察能力还是有的，一路上你睡得香是香，不过也不老实，又皱眉又咬牙，好像和人相吵相打。"

"我做了个梦。"

当兵的主任听说做梦，飕地插上来问道：

"是个噩梦吧。"

李地晃晃茶杯，看看茶叶浮沉，才回道：

"噩梦还是好梦，有时候也分不清。"

这一来，大家都安静下来。从小的时候也是从古时候起，听人说梦总比眼前的流水账有味道。

李地放下茶杯，抬起眼睛，雪白的西装衬得脸如火盘，说：

"我梦见方县长打我一巴掌，我一闪，巴掌落在老局长脸上。"

主任倒吸一口冷气，别人抢着问道：

"怎么打起巴掌来了？"

方县长嗵地站起来，摇手道：

"做梦，做梦，做梦嘛，有什么凭据！"

李地面带笑容，接下去说道：

"老局长也打我一巴掌，我也是一闪，又落在方县长脸上。"

通用局长也嗵地站起来，拍着巴掌圆梦道：

"喜事喜事，拍巴掌了嘛。"

当兵的主任说不出话来，只指着成对站着的那两位。

"港式"女孩子失声叫了个"呀"!

大家这才看见县长和局长的脸上,一模一样五个指头印,都在左边,都胭脂红。

乡镇上有财政局民政局邮政局……没有通用局。只因老局长什么局都干过,常常不清楚他现在任哪个局,背后叫作通用局长稳当点。通用两个字是从全国通用粮票那里借过来的,有凭有据,不是空口白话。

爱

这个故事不论年代。

李地早熟,当中学生时节就有一个思想:这个世界上,没有爱情。那时节她看世界,还好比老古话说的"雾中看花"。每当雾腾腾中闪出这么个冷冰冰的思想,她总是心惊肉跳,把雾也冲散了,花也谢了,血也凉了,真是可怕极了。

其实没有来由,也没有故事。若勉强凑凑,也凑得出来几个情节。若把这些情节认真当起事情来,又只会叫人可笑,离可怕远得不搭界。她还分不清什么是爱一个英雄,什么叫爱一个男人,就有一个英雄,照现在作兴的说法是:走进了她的生活。

这个英雄神出鬼没,领导着学生为民主、为解放斗争。

春天,淡淡阳光,毛毛细雨。公园里树木失修,河岸倒坍。龙爪槐本当像一把伞,卧地松本当是游龙,现在都断肢缺腿，乱蓬蓬。只因季节、气候，还有人都看不起又都看不透的泥土，草木尽情生长，失修倒茂盛，残缺偏偏厚墩墩。那转弯角落上，碎石头烂泥成堆，堆上钻出来山茶花，一枝一簇，薄薄的花瓣，粉红的颜色洒着血红的斑点，这样的光彩照人，这样戳眼的生命力，在这样破公园里，分外叫人觉着寂寞了。

有一张折断了靠手的长椅，李地坐下来等候英雄的到来，中学生的深蓝制服袖口，拆开了一条线，藏着一个密写的纸卷。

英雄走来了，散着的风衣飘飘的，暗红的气色，明亮的眼睛，淡淡的阳光照着，一笑，花开了一样。

英雄在李地身边坐下，李地抽出纸卷，偷偷塞过去时，觉着手在抖，手心汗湿淋淋。

听见背后？树后？石头烂泥堆后？不知道哪里有人声，脚步声，英雄伸手搂过李地的肩膀，偏过头来，把嘴巴贴在李地的嘴唇上。

李地没有缩一缩，没有推一推。照理说，这是严重又神圣的需要，这是掩护。

英雄又说了几句话，但李地模模糊糊听不到耳朵里去了。英雄前后看看，站起来飘飘地走开。

这究竟是少女第一回头一个吻！

李地软瘫在长椅上，全身发热，看着烂泥上的山茶花。想到自己一定直到耳朵根,也那样红,红出血点子来——这一簇簇山茶,一生一世印在脑髓里了。

过些日子,李地拿着块布,夹着纸卷,到城边一间裁缝店里找英雄。那是单间店面,裁衣桌板占了一半地方,一台缝纫机又占了小一半。裁缝出门两天了,只有一个徒弟踏着机器。李地说声过两天再来,回头要走。不过她来过几回,是熟人。那徒弟停下缝纫机,做了个鬼脸,嘴巴朝楼上一歪,又踏起机器来。

李地本应当不理,一种说不清的缘故,竟叫她没有考虑规定,没有划算危险不危险,连想也没有多想,侧身走过裁衣桌板,后面有个又小又黑又陡的楼梯。李地上了楼,上面却是弯弯曲曲、有阔有狭的走廊,说不清有几个楼口,有几个房门。李地没有上过楼,走廊里没有人,李地也不出声,凭着说不清的直觉,朝右手转角上走去,正好,那里的房门半开。李地朝里看了一眼,多不过两三秒钟,全部看清楚了,或是凭一个少女的敏感,全部感觉到了。李地猛烈一步闪开,接着是两腿摇铃,扶着扶手下楼,楼梯好像风中小船。

李地看见的是:桌上汤汤水水,鸡骨头鱼骨头,床上斜着裁缝的年轻老婆,一个乡下美人,面上红喷喷,身上红花裤头,白生生两条光腿。英雄坐在床前板凳上,捧着美人的赤脚,勾背,偏头,拿着剪刀修剪脚指甲……

难道这也是为了那神圣的需要，为了掩护？李地不能想象，也不能追根寻底。只是公园里飘飘的英雄形象变化了，变作佝偻着的脏里脏脏的角色。

过两年，英雄在枪弹下，叫着口号牺牲。他的事迹现在写在纪念册里，的确是个英雄。公园里和裁缝店楼上，也的确用不着写出来。

不过李地想着：理想、责任、正义、牺牲都是有的，还有道德也应当有，多看看也看得见有在那里。只是爱情，这个世界上寻不着了。

转眼李地当了干部，转眼当了科长，在科长的靠背椅上，还没有坐稳当，转眼倒了霉。一倒二十年，李地不耽搁，生下三个女儿。就是土里刨不着食的年月，也把女儿养大成人，一个个有了着落。

女儿一个个从身边走开时节，李地也从山上走回社会中来。在山上年年服侍果树，睁眼就看见花开花谢，谢了花结果，结了果就轮到落叶冬眠了。原本想着做人。做到冬眠就是长眠。老古话说，草生一秋，人生一世，不想轮到自己头上，冬眠过后，又走到社会上来，还要重新开花……

思前想后，爱情还是不会有的，还要加上一句：自己，没有眼泪。

有天黄昏，拎着个菜篮，朝溪边菜园里走，想摘点毛豆。看见四五个淘气，赤条条在水田里这里摸那里捉。李地吓他们，抓起脱在田边的裤头，塞在菜篮里拎走。淘气们追上来，泥手不敢碰李地，只抓住菜篮，叫"镇长"，叫"经理"，李地都不答应。淘气们马上改口叫"婆"，叫"娘娘"，一边抓泥鳅、抓蛤蟆朝菜篮里塞。

李地笑着说："一个个都还没有变全呢，倒晓得走后门了，塞包袱了。"坚决不要，说自己不会收拾。

小淘气立刻动手，这个拿小刀朝蛤蟆下巴一划，把绿皮成张褪下来。那个捏住泥鳅，拿指甲挤肚子。本地吃泥鳅不开膛，只挤。

李地把菜篮拎回家，灯下一看，一堆血淋淋。蛤蟆脚掌上挂着绿皮，白纸肚皮还一鼓一鼓地鼓动，泥鳅的嘴边鳃下，挂着肠肚，渗着血水……李地把菜篮朝地上一掼，一震，泥鳅袅袅起来，那滑溜溜的身体，这个朝缝里钻，那个朝别个身下藏，个个扭弯身体，挂着肠肚，渗着血水……李地是见过世面的，也心里抽紧。忽见一条泥鳅弓身一弹，半尺高，渗着血水，却没有挂着肠肚……

李地赶紧抓个玻璃空鱼缸，放上清水，把那条泥鳅放到缸里，只见它冲出去，撞着玻璃，掉头又冲，又撞，三两回后安静下来，平浮在水中央，一动不动，只有无声的呼吸，小小的灰蒙蒙的眼睛，有针尖般的光彩。……静定，超脱，死里逃

59

生，不显痕迹。

本地有养金鱼、田鱼，也有养热带鱼的，决没有人会养条泥鳅。它丑，它贱，它怪。李地倒不怕别人笑话，只是的确怪了点，自己心里就觉得奇特。因此，李地把鱼缸放在厕所的窗台上。

有天，鱼缸空了。李地心头一声轰隆，也好像空荡荡了。再一想，家里没有猫，厕所虽小，倒严紧，连蛇也不容易钻进来。

泥鳅哪里去了？除非是成了精？

这个想法一出现，立刻笑起自己来。这一天忙东忙西，竟在忙中几回想起——除非成了精！

幸好到了晚上，李地独自坐在灯下，忽然想起昨天夜里，听见过厕所里扑哧一声，像是什么东西掉落地上。李地拿上电筒，照照马桶背后，翻翻脚盆，在角落里三脚架底下，寻着了泥鳅，滚了一身尘土，李地抓在手里，有一个麻酥酥的颤抖，从手心到手臂到肩膀头，李地赶紧掼进鱼缸，那泥鳅也颤抖，颤抖，一会儿，又静静定定平浮在水中央。

李地心想：什么事也没有，什么也是胡思乱想，只有一样是真的，它有坚强的生命力！

从这以后，李地躺在床上，能听见厕所鱼缸里的跳动。若是跳落地上，梦中也会知觉。李地几次爬起来，去把地上的泥

鳅放回水中,慢慢地有了话说:

"淘气!"

"摔痛了没有?"

"你要走?这里不好?"

"若是想回家,和我说家在哪里,送你走归。"

"为什么总在半夜里跳出来?啊,想到床上来……"

无意中说出这么句话。李地年近半百,饱经坎坷,夜深无人,也还觉得这句话不好,难为情,连声"破除":"呸噪!呸声噪!"

有天夜里,李地坐在马桶上,听见窗台鱼缸那里"扑落"一声,看见泥鳅一跳一扭,正好,把鳍搭在鱼缸边上,撑着上半身,翘着头……好像戏台上一个公子扒上楼台,撑着栏杆。

它前胸金黄,后背黑花花,它的头圆溜溜光秃秃,不晓得是好看还是可怕,是文明还是野蛮!那眼睛又小又模糊,差不多是没有……啊,有,竟射出针尖般的,还是金色的光芒,盯在自己身上,一眨不眨地盯牢自己!

李地逃出厕所,钻到被窝里,却想起一个故事。

这个故事是姨妈喊喊喳喳,说给知心女友听的。没有防备还是中学生的李地,坐在门边椅子上看画报。李地后来知道这样的故事多得很,有的还要曲折离奇得多。不过都没有像这个简单故事,好像不是听进去,是个个毛孔都张开来吸了进去的。

　　姨妈说的是她的姨妈的真事，这样的故事都是说作真事的。姨妈的姨妈定亲那天，面色煞白，手脚冰冷，她住在小阁楼上，从这以后，吃饭才下楼来，一天没有几句话，小阁楼有木头格子窗，窗下放张书桌，姨妈的姨妈成天伏案画画，画鸟画出一根根毛来，画蝶看得见一粒粒粉末。窗台上有个鱼缸养着金鱼，对着鱼缸画金鱼就不消说了。

　　画困了，就倒在床上眯一眯。有天，蒙蒙眬眬中，只见窗口一片红光，站起来一个人，披着金红斗篷，红光飘飘的。鬓角上，插着金红的英雄绒球，颤颤的。

　　她想叫，叫不出声来，她想爬起来，手脚动也动不得。

　　这本来是姨妈的姨妈的事。这时节，李地觉着是自己叫不出声来，自己的手脚动不得。

　　金红斗篷飘飘的，金红绒球颤颤的，英雄走下窗台……

　　李地觉得心脏也停止了跳动。

　　金红飘飘到床前，一片红光落在姨妈的姨妈的身上，姨妈的姨妈身上的纽扣全都散开了，凡是带子全都自己解开……

　　李地觉得一个火烫的嘴巴，贴到自己嘴唇上，身上的血都涌上来，一定山茶花那样红到耳朵根，红出点点血点来……

　　姨妈的姨妈后来懒得画画，没有精神，成天只想倒在床上，似睡非睡。后来家里人听见她和人小声说话，和人忍着笑，和人娇娇滴滴……请了医生开汤药，请了道士画了符，到城隍殿告了状，到观世音那里许了愿。

三伏天，暴雨，一声闷雷落地，一头野猫从窗口扑了进来，撞翻了鱼缸，一嘴把金鱼咬着跑了。

再后来是姨妈的姨妈结了婚，生下三个儿子两个女儿，儿子上了大学娶了亲……老二娶的就是姨妈，亲上加亲。姨妈又生了儿子，生活就水一样流下来了。古诗说："不废江河万古流。"老古话说："抽刀断水水更流。"

漫长的倒霉日子里，李地有时候想着快点老了，老了算了。觉着花已早早开过去，"更年期"大约也会提早点来到。不想倒霉倒到尽头，来到的却是"出运"日子。

又做官，又开会，又发财，又明争暗斗，这当中，女儿又个个有了着落。日子过得闹热，也乱哄哄。

自从那天夜里坐马桶，泥鳅跳起来撑在鱼缸边上，李地走进厕所，就觉着泥鳅隔着玻璃隔着水，盯着她。不禁在马桶上多坐一会儿，心里悠悠地思念什么，又什么也散漫无边。

那盯着的眼光是金色的，那圆秃秃一个头也是金黄的……忽然，耳朵里响起一个金属的声音，厚重的男声歌唱。怪不得欧阳修看重"三上"，这厕上倒是一个想想心事的舒服地方。解开裤带就身上松散，当少女时节，听说金光罩到姨妈的姨妈身上，里外纽扣腰带全都自己散开，觉着恐怖紧张。现在想来,却有一种轻松自由的快感……

三十多年前,李地在中学里组织了个歌队,发现一个乡下来的男生,有金属嗓子,把他培养成领唱。不久,传出了一张黑名单,那神出鬼没的英雄,指示李地和几个同学撤离,把歌队交给乡下来的男生。

秋天,黄昏,校园角落里倒塌一半的紫藤凉亭。紫藤滚在地上,绕在亭柱上,好像四世同堂的大蛇和小蛇。

乡下男生直挺挺站着,听着李地小声交代。有三四个同学说着话,穿过校园。李地拉了他一把,退到紫藤后边,忽然两个人落在缠着绕着的枝条中间,好像一步踏进了另外一个世界,大蛇小蛇掩护着一男一女,李地不禁一笑……

现在坐在马桶上,李地看见了这一笑,看见了自己,看见了三十多年前水仙般的少女,笑得娇,笑得花开,笑得春浓。

面对这一笑,乡下男生模模糊糊的眼睛里,闪闪着针尖般的金色光彩。

李地靠近乡下男生——当然是为了保密,小声把话说完,感觉到他呼吸沉重,男人的汗气腾腾。

李地转身走了——现在清清楚楚看得见自己,走得飘飘的,英雄风度。

公园的一吻,校园的一笑。女生的满面绯红,男生的两眼闪金。李地觉得有想头,应当想一想,只是马桶上的思想

64

散漫，竟不论身份，跳出来一句老、古、俗话："一报还一报。"竟把思路冲散，只好云抬月一般。

李地倒了霉，那个乡下男生也跟着倒霉。若说"株连"，本来不在一"株"上，却也"连"着了。

李地出了运，那个男生正好也在这条街上，白发苍苍，坐在一间小店里，又是钳又是凿又写字，有几手手艺。没有了金属的歌声，不过说起话来，还是金属的厚重。气色在不在的，没有什么出运不出运。

有天晚上，李地一回家，直冲厕所，拉开门，直望窗台上的鱼缸——李地回家走过那间小店门口，眼角里看见，作兴是感觉到店里射出来一股针尖般的金色的眼光——李地看着鱼缸，玻璃里水里两个眼睛模模糊糊，实有两点金光如针尖。李地心慌，倒退一步，推上门。

三更半夜糊里糊涂，有一个什么——说不清是什么压到身上，想叫，叫不出声音。觉着滑溜溜的在身上又扭又袅袅的，手脚也动不得。仿佛"袅"到自己身体里去了，自己的身体也滑溜了，接着，软瘫热化了。

早上起来，李地想道："只怕是更年期来到了！"拿出一个破布兜，把鱼缸放到兜里，拎起来朝外走。走街背后，想走到溪滩上。半路有块空地，立着倒着水桶粗的水泥水管，李地随手连兜朝水管里一掼，扭头就回来，听见鱼缸破碎，泥鳅蹦跳。

好多日子李地不走街背后。

过了个年,街背后空地上起楼,破土开工那天请了些贵宾,当然有李地。

空地已收拾过了,原来立着倒着的水泥水管也搬走了。李地第一眼就落在掼鱼缸的地方,平平,空空……那草根里,藏着一条笔直的泥鳅!

李地不觉停步不动,只怕面色也变了吧。身边有位"招待"顺着李地的眼睛,弯腰拾起来,左右看看,是一节金黄带黑斑的树根,那"招待"笑问李地:"你喜欢树根雕吧,这好雕个什么?"

"泥鳅。"

"对,对,用不着几刀。"

"招待"顺手把树根递给李地,李地接过来却朝袖筒里一塞,仿佛是偷来的。

再朝前走,李地觉着袖筒里滑溜溜的了。

贵宾们都要拿锹铲两铲土,李地趁势把袖筒里的树根甩出来,铲上土,拍拍,再铲上土,再拍……

这些举动都不合贵宾身份,不过不会有人看得出来。

有人讲几句喜庆的话,大家拍掌。李地站在那里只顾想道:

"……这个世界上,爱情作兴也是有的,不过只会火花一样，刺啦一下。好比中学生时节那一吻，三秒钟，再加上面孔绯红，也不过三分钟，那时节实在还全不懂爱情……正像世界上著名的童话里说，小孩子还不会说话的时候，会和猫呀狗呀的说话。等到一学会说人话，立刻把动物语言忘记了……"

不过有一条是千真万确的，李地自己，没有眼泪。

溪　鳗

——矮凳桥的鱼非鱼小酒家

自从矮凳桥兴起了纽扣市场,专卖纽扣的商店和地摊,粗算也有了六百家。早年间,湖广客人走到县城,就是不远千里的稀客了。没有人会到矮凳桥来的,翻这个锯齿山做什么?本地土产最贵重的不过是春茶冬笋,坐在县城里收购就是了。现在,纽扣——祖公爷决料不着的东西,却把北至东三省、内蒙古,南到香港的客人都招来了。接着,街上开张了三十多家饮食店,差不多五十步就有一家。这些饮食店门口,讲究点的有个玻璃阁子,差点的就是个摊子,把成腿的肉,成双的鸡鸭,花蚶港蟹,会蹦的虾,吱吱叫的鲜鱼……全摆到街面上来，做实物招牌。摊子里面一点，汤锅蒸锅热气蒸腾，炒锅的油烟弥漫。这三十多家饮食，把这六百家的纽扣，添上了开胃口吊舌头的色、香、味，把成条街都引诱到喝酒吃肉过年过节的景象里。

拿实物做广告，真正的招牌倒不重要了。有的只写上个地名：矮凳桥饭店。有的只取个吉利：隆盛酒楼。取得雅的，也只直白叫作味雅餐馆。唯独东口溪边有一家门口，横挂匾额，上书"鱼非鱼小酒家"，可算得特别。

这里只交代一下这个店名的由来，不免牵扯到一些旧人旧事，有些人事还扯不清，只好零零碎碎听凭读者自己处理也罢。

店主人是个女人家，有名有姓，街上却只叫她个外号：溪鳗。这里又要交代一下，鳗分三种：海鳗、河鳗、溪鳗。海鳗大的有人长，蓝灰色。河鳗粗的也有手腕粗，肉滚滚一身油，不但味道鲜美，还滋阴补阳。溪鳗不多，身体也细小，是溪里难得的鲜货。这三种鳗在生物学上有没有什么关系，不清楚。只是形状都仿佛蛇形，嘴巴又长又尖，密匝匝锋利的牙齿，看样子不是好玩的东西，却又好吃。这三种鳗在不同的水域里，又都有些兴风作浪的传说。乡镇上，把一个女人家叫作溪鳗，不免把人朝水妖那边靠拢了。

不过，这是男人的说法。女人不大一样。有的女人头疼脑热，不看医生，却到溪鳗那里喊喊喳喳，一会儿，手心里捏一个纸包赶紧回家去。有的饭前饭后,爱在溪鳗店门口站一站,听两句婆婆妈妈的新闻。袁相舟家的丫头她妈,就是一天去站两回三回的一个。

这天早晨,丫头她妈煮了粥就"站"去了。回来把锅里的剩粥全刮在碗里,把碗里的剩咸菜全刮在粥里,端起来呼噜喝一大口,说:"溪鳗叫你去写几个字呢。"

袁相舟穷苦潦倒时候,在街上卖过春联,贴过"代书"的红纸,街坊邻居叫写几个字,何乐不为。答应一声就走了去。

这家饮食店刚刚大改大修,还没有全部完工。先前是开一扇门进去,现在整个打开。后边本来暗洞洞的只一扇窗户,窗外是溪滩,现在接出来半截,三面都是明晃晃的玻璃窗,真是豁然开朗。这接出来的部分,悬空在溪滩上边,用杉篙撑着,本地叫作吊脚楼的就是。

还没有收拾停当,还没有正式开张。袁相舟刚一进门,溪鳗就往里边让。袁相舟熟人熟事的,径直在吊脚楼中间靠窗坐下,三面临空,下边也不着地,不觉哈了一口气,好不爽快。这时正是暮春三月,溪水饱满坦荡,好像敞怀喂奶、奶水流淌的小母亲。水边滩上的石头,已经晒足了阳光,开始往外放热了;石头缝里的青草,绿得乌油油,箭一般射出来了;黄的紫的粉的花朵,已经把花瓣甩给流水,该结籽结果的要灌浆做果了;就是说,夏天扑在春天身上了。

一瓶烫热的花雕递到袁相舟手边，袁相舟这才发觉一盘切片鱼饼，一双筷子，一个酒杯不知什么时候摆上桌子。心想先前也叫写过字，提起笔来就写三个大字："鱼丸面"。下边两行小字："收粮票二角五、不收粮票三角"。随手写下，没有先喝酒的道理，今天是怎么了？拿眼睛看着溪鳗……

素日，袁相舟看溪鳗，是个正派女人，手脚也勤快，很会做吃的。怎么说很会做呢？不但喜欢做，还会把这份喜欢做了进去，叫人吃出喜欢来。她做的鱼丸鱼饼，又脆又有劲头，有鱼香又看不见鱼形。对这样的鱼丸鱼饼也还有不实之词，对这个做鱼丸鱼饼的女人家，有种种稀奇传说，还有这么个古怪外号，袁相舟都以为不公道。

追究原因，袁相舟觉着有两条：一是这个女人长了个鸭蛋脸，眼窝还里眍。本地的美人都是比月亮还圆，月亮看去是扁的，她们是圆鼓鼓的。再是本地美人用不到过三十岁，只要生了两个孩子就出老了。这个女人不知道生过孩子没有，传说不一，她的年纪也说不清。袁相舟上中学的时候，她就鲜黄鱼一样戳眼了。现在袁相舟鹤发童颜一个退休佬，她少说也应当有五十。今天格子布衫外边，一件墨绿的坎肩，贴身，干净，若从眼面前走过去，那袅袅的，论腰身，说作三十岁也可以吧。

溪鳗见袁相舟端着酒杯不喝，就说戏文上唱的，斗酒诗百篇。多喝几杯,给这间专卖鱼丸、鱼饼、鱼松、鱼面的鱼食店,起个好听的名号。溪鳗做鱼,本地有名气,不过几十年没有挂过招牌,大家只叫作溪鳗鱼丸,溪鳗鱼面……怎么临老倒要起名号了?袁相舟觉着意外,看看这吊脚楼里,明窗净几,也就一片的高兴,说:

"咳,你看丫头她妈,只给我半句:叫你写几个字。连一句话也没有说全。"

溪鳗微微一笑,那牙齿密匝匝还是雪白的,说:

"老夫妻还是话少点的好,话多了就吵了。不是吵,哪有这么多话说呢。"

说着,眼睛朝屋角落一溜。屋角落里有个男人,坐在小板凳上,脚边一堆木头方子,他佝偻着身子,拿着尺子,摆弄着方子,哆哆嗦嗦画着线。要说是小孩子玩积木吧,这个男人的两鬓已经见白了,脑门已经拔顶了。袁相舟走进屋里来,没有和他打招呼,没有把他当回事。他也没有出声,也没有管别人的闲事。

锅里飘来微微的煳味儿,这种煳味儿有的人很喜欢。好比烟熏那样,有熏鸡、熏鱼、熏豆腐干,也有煳肉、煳肘子,这都是一种风味。溪鳗从锅里盛来一盘刚焙干的鱼松,微微的煳味儿上了桌子。袁相舟也不客气,喝一口酒,连吃几口热鱼松,鱼松热着吃,那煳味特别的香,进口的时候是脆的,最好不嚼，抿抿就化了。袁相舟吃出滋味来，笑道：

"你这里专门做鱼，你做出来的鱼，不论哪一样，又都看不见鱼。这是个少有的特点，给你这里起个招牌，要从这里落笔才好。"

溪鳗倒不理会，不动心思，只是劝酒：

"喝酒，喝酒，多喝两杯，酒后出真言，自会有好招牌。"

说着，在灶下添火，灶上添汤，来回走动，腰身灵活，如鱼游水中，从容自在。俗话说忙者不会，会者不忙，她是一个家务上的会人。

袁相舟端着杯子，转脸去看窗外，那汪汪溪水漾漾流过晒烫了的石头滩，好像抚摸亲人的热身子。到了吊脚楼下边，再过去一点，进了桥洞。在桥洞那里不老实起来，撒点娇，抱点怨，发点梦呓似的呜噜呜噜……

那一条桥，就是远近闻名的矮凳桥。这个乡镇也拿桥名做了名号。不过桥名的由来，一般人都说不知道。那是九条长石条，三条做一排，下边四个桥墩，搭成平平塌塌、平平板板的一条石头桥。没有栏杆，没有拱洞，更没有亭台碑碣。从上边看下来，倒像一条长条矮脚凳。

桥墩和桥面的石条缝里，长了绿荫荫的苔藓。溪水到了桥下边，也变了颜色，又像是绿，又像是蓝。本地人看来，闪闪着鬼气。本地有不少传说，把这条不起眼的桥，蒙上了神秘的烟雾。不过，现在，广阔的溪滩，坦荡的溪水，正像壮健的夏天和温柔的春天刚刚拥抱，又马上要分离的时候，无处不蒸发着体温。像雾不是雾，像烟云，像光影，又都不是，只是一片的朦胧。袁相舟没有想出好招牌来，却在酒意中，有一支歌涌上心头。二十多年前，袁相舟在县城里上学，迷上了音乐。是个随便拿起什么歌本，能够从头唱到尾的角色。

　　花非花，雾非雾
　　夜半来，天明去
　　来如春梦几多时
　　去似朝云无觅处

　　这歌词原是大诗人白居易的名作。白居易的诗，袁相舟本来只知道"江州司马青衫湿"，那一首《琵琶行》。因唱歌，才唱会了这一首。
　　见景生情，因情来歌，又因歌触动灵机，袁相舟想出了好招牌，拍案而起。
　　身后桌子上，不知什么时候铺上了纸张，打开了墨盒，横着大小几支毛笔。这些笔墨都是袁相舟家的东西，也不知什么时候丫头她妈给拿过来了。袁相舟趁着酒兴，提笔蘸墨汁，写下六个大字："鱼非鱼小酒家"。

写罢叫溪鳗过来斟酌，溪鳗认得几个字，但她认字只做记账用，没有别的兴致。略看一眼，她扭身走到那男人面前，弯下腰来，先看看摆弄着的木头方子，对着歪歪扭扭划的线，笑起来说：

"划得好，真好。"

其实是和哄一年级小学生一样。说着平伸两只手在男人面前，含笑说了声：

"给。"

那男人伸手抓住她给的手腕子。溪鳗又说了声：

"起。"

男人慢慢被拉了起来，溪鳗推着男人的后背，走去看新写的招牌。

这个男人的眼睛仿佛不是睁着，是撑着的。他的脸仿佛一边长一边短，一边松动一边紧缩，一只手拳着，一半边身子僵硬。他直直地看了会儿，点着头：

"呜啊，呜啊，啊……"

溪鳗"翻译"着说：

"写得好，合适，就这样……"

一边让袁相舟还坐下来喝酒，又推着男人坐在袁相舟对面。袁相舟想着找几句话和男人说说呢，也不知道他喝不喝酒，给不给他拿个酒杯……还没有动身，溪鳗端过来两碗热腾腾的鱼面，热气里腾腾着鱼的鲜味、香味、海味、清味。不用动脑筋另外找话说了，眼前这鱼面的颜色、厚薄、口劲、汤料，就是说不尽的话题。

鱼面也没有一点鱼样子，看上去是扁面条，或是长条面片。鱼面两个字是说给外地人听的，为的好懂。世界上再没有别的地方，吃鱼有这种吃法。本地叫作敲鱼，把肉细肉厚，最要紧是新鲜的黄鱼、鲈鱼、鳗鱼去皮去骨，蘸点菱粉，用木槌敲成薄片，切成长条……

三十年前，这个男人是矮凳桥的第一任镇长。那时候凡是个头目人，都带枪。部长所长背个"木壳"，镇长腰里别一支"左轮"。那"左轮"用大红绸子裹着塞在枪套里，红绸子的两只角龇在枪套外边，真比鲜花还要打眼。记不清搞什么运动，在一个什么会上，镇长训话：

"……别当我们不掌握情况，溪鳗那里就是个白点。苍蝇见血一样嗡到那里去做什么？喝酒？赌钱？迷信？溪鳗是什么好人，来历不明。没爹没娘，是溪滩上抱来的，白生生，光条条，和条鳗鱼一样。身上连块布，连个记号也没有，白生生，光条条，什么好东西，来历不明……"

过不久，规定逢五逢十，溪鳗要到镇上汇报思想，交代情况。镇长忙得不亦乐乎，溪鳗要跟着他走到稻田中间，或是溪滩树林去谈话。

镇长当年才二十多岁,气色红润,脸上还没有肥肉,身上已经上膘。一天傍晚,从锯齿山口吃了酒回来,敞开衣服,拎着红绸枪套,燥燥热热地走到矮凳桥头,日落西山,夜色在溪滩上,像水墨在纸上洇了开来。镇长觉着凉爽,从桥头退下来,想走到水边洗一把脸,醒一醒酒。哟,水边新长出来一棵柳树?哟,是个人,是溪鳗。

"你在这里做什么?鬼鬼怪怪的。"

溪鳗往下游头水里一指,那里拦着网。

"人是要吃饭的。"

"也要吃酒。这两天什么鱼多?"

"白鳗。"

"为什么白鳗多?它过年还是过节?"

"白鳗肚子胀了,到下边去甩籽。"

镇长把红脸一扭:"肚子胀了?"两眼不觉乜斜,"红鳗呢?"

溪鳗扭身走开,咬牙说道:

"疯狗拉痢,才是红的。"

夜色昏昏,水色沉沉,镇长的酒暗暗作怪,抢上两步,拦住溪鳗,喘着说道:

"我说有红鳗,就是有。不信你过来。"

溪鳗咯咯笑起来,说:

"慢着,等我拉网捉了鱼,到我家去,给你煮碗鱼汤醒醒酒。我做的鱼汤，清水见底，看得见鱼儿白生生，光条条……"

镇长扯开衣服，说：

"我下水帮你拉网。"

扭头只见溪鳗走上了桥头。镇长叫道：

"你往哪里走？你当我喝醉了？渔网在下游头，水中央……"

溪鳗只管袅袅地往前走，镇长追了上去，说：

"我没有醉，骗不了我，随你鬼鬼怪怪……"

眨眼间，只见前边的溪鳗，仿佛一个白忽忽的影子。脚下绿荫荫的石头桥却晃起来，晃着晃着扭过长条石头来。这桥和条大鳗似的扭向下游头，扭到水中央，扭到网那里，忽然，一个光条条的像是人，又像是鳗，又好看，又好怕，晃晃地往网那里钻……

镇长张嘴没有叫出声来，拔腿逃命不成脚步。有人在路边看见，说镇长光条条，红通通——那是酒的不是了。

一时间，这成了茶余酒后的头条新闻。过不久，镇长倒了霉，调到一个水产公司当了个副职。这还藕断丝连地给溪鳗捎些做鱼松的小带鱼，做鱼丸的大鲈鱼来。

袁相舟到县城上学，在外边住了几年。隐隐绰绰听说溪鳗生过一个孩子，和谁生的？究竟有没有做下这种传宗接代的事？也无凭据。

倒是这乡镇改造过商贩，也不断割过"尾巴"，个体的饮食业好比风卷落叶了。可是风头稍过一过，溪鳗这里总还是支起个汤锅，关起门来卖点鱼丸，总还有人推门进来，拿纸包了，出去带门。

袁相舟看见过屋里暗洞洞的，汤锅的蒸气仿佛香烟缭绕，烟雾中一张溪鳗的鸭蛋脸，眍眼窝里半合着眼皮，用一个大拇指把揉透的鱼肉，刮到汤锅里，嘴皮嚅嚅地不知道是数数，还是念咒。有的女人家拿纸包了回家，煮一碗热汤，放上胡椒米醋，又酸又辣端给病人吃。

袁相舟又喝了两杯花雕，看着对面当年的镇长，把一碗鱼面吃得汤水淋漓，不忍细看。转头去看窗外，蒸蒸腾腾，溪上滩上似有似无的烟雾，却在心头升起，叫人坐不住，不觉站起来，拿笔斟酌着又写下几句：

鳗非鳗，鱼非鱼
来非来，去非去
今日春梦非春时
但愿朝云长相处

溪鳗走过来看一眼，没有看清，也不想看清，就扭身拿块布给那男人擦脸上、手上、衣襟上的汤水，搀起男人，推着他到字纸面前。男人直着撑着的眼睛看了会儿：

"呜啊呜啊，呜呜呜啊……"

溪鳗淡淡笑着，像是跟自己说话：

"他说好，他喜欢，他要贴起来，贴在哪里？他说贴在里屋门口，说贴就要贴，改不了的急性子……"

男人伸手拿纸，拳着的左手帮着倒忙。溪鳗说：

"你贴你贴，我帮你拿着这一头。"

溪鳗伸开两只手，拿住了纸张的五分之四，剩下一条边让男人托着，嘴里说：

"我们抬着，你走前头，你看好地方，你来贴……"

溪鳗在里屋门口板壁上刷上浆子，嘴里说：

"我帮你贴上这个角，帮你贴贴下边。你退后一步看看，啊，不歪不斜，你贴端正了……"

却说当年的镇长祸不单行，随后又打个脚绊，从水产公司的副职上跌下来，放到渔业队里劳动。不多几年前，队里分鱼，倒霉镇长看见鱼里有条溪鳗，竟有两尺长，实在少见。就要了来盘在竹篮里，盖上条毛巾，到了黄昏，挎着篮子回家去。劳动地点离他家有七八里路，走着，天黑了。那天没有月亮，黑得和锅底一样。倒霉镇长把这走熟了的路，不当回事，只管脚高脚低地乱走，只把盘着溪鳗的篮子抱在怀里。其实怀里还不如脚下，高高低低还好说，乱乱哄哄说不得……忽见前边一溜灯火，这里怎么有条街？灯火上上下下，这条街上有楼?走到什么地方来了?只见人影晃晃的,人声嗡嗡的,细一看,看不清一个人模样,细一听,也听不清一句人话……倒霉镇长吃惊不小,把篮子紧紧搂住,忽觉得毛巾下边盘着的溪鳗,扑通扑通地跳动。镇长的两只脚也不听指挥了,自己乱跑起来。又觉得脚底下忽然平整了,仿佛是石板,定睛看时,模糊糊是一条石头桥,一片哗哗水声。在一个墨黑墨黑的水洞里吗?不对,这是矮凳桥,烧成灰也认得的矮凳桥。怎么走到矮凳桥来了呢!倒霉镇长的家,原在相反的方向。镇长一哆嗦,先像是太阳穴一麻痹。麻痹电一样往下走,两手麻木了,篮子掉在地上,只见盘着的溪鳗,顶着毛巾直立起来,光条条,和人一样高。说时迟,那时快,那麻痹也下到腿上了,倒霉镇长一摊泥一样瘫在桥头。

一时间,这又是茶余酒后的头条新闻。不过,有件事不是说说的。众人亲眼看见,溪鳗从卫生所把这个男人接到家里来,瘫在床上屎尿不能自理,吃饭要一口口地喂。现在这个样子算是养回来了,像个活人了。贴上了字纸,还会直直盯着,呜啊呜啊地念着,是认得字的。

呜啊,里屋门一开,跑出来一个七八岁的女孩子,直奔后窗,手脚忙不迭地爬上凳子,扑出身子看外边的溪滩,人都来不及看见她的面貌。溪鳗三脚两步,风快走到女孩子身后,说:

"怎么？怎么？"

女孩子好像是从梦中惊醒的，说：

"妈妈，鱼叫，鱼叫。妈妈，叫我，叫我。"

溪鳗搂住女孩子，那鸭蛋脸差点贴着孩子的短发，眍眼窝里垂下眼皮，嘴唇嚅嚅的，咽，袁相舟心里也一惊，真像是念咒了：

"呸，呸，鱼不叫你，鱼不叫你。呸，呸，鱼来贺喜，鱼来问好。女儿，女儿，你是溪滩上抱回来的，光条条抱回来，不过你命好，赶上了好日子，妈妈有钱也有权开店了。妈妈教你，都教你，做好人，开好店，呸，呸……"

袁相舟想溜掉，回头看见那男人，眼睛直撑撑地站在角落里，嘴角流下口水，整个人颤颤的，是从心里颤颤出来的。

袁相舟踅着脚往外走，却看见丫头她妈挑来一担碧绿青菜，正要叫唤。袁相舟打个手势叫她不要声张，做贼一样踮着脚走了出来，走到街上，还只管轻手轻脚地朝家里走。

丫头她妈小声说道："莫非吃错了酒了。"

丫头她妈

——矮凳桥没有名字的人

丫头她妈没有名字,可是有个秘密。这个秘密她的男人袁相舟不知道,斜对面卖鱼丸的女人家溪鳗只知其一,不知其二。她自己呢,只怕还没有溪鳗说得清楚。

矮凳桥街上有少数人——说是少数,不过两只手是数不过来的——起了个名字也叫不开,连个外号都没有人肯费心思,只叫作癞头、跛脚、缺牙齿,若是女人,就叫作她妈、他婶、阿嬷、阿婆……

矮凳桥历代田少人多,老古话说一方土养一方人,矮凳桥这方土,却是养不活矮凳桥人。农田上的"生活",也用不着这么多人去做。袁相舟家里的几分田，就是承包在丫头她妈一个人身上，她妈说，喂不饱几张嘴，用几个人做什么？顶多插秧时候，儿子去甩甩秧苗。收割时节，丫头去捆捆稻草。挑粪水担化肥凡是肩膀吃力的，她妈决不指使儿女。袁相舟是什么也不插手，哪怕街上没有生意好做，她妈也宁肯叫男人家笼着手坐着。

做饭，也是她妈的事。煮熟了饭，热了菜，她妈告诉一声丫头盛起来吃，自己却走到街上来，经常过街走到斜对面，在溪鳗的鱼丸摊子那里，帮忙洗洗碗，添添火，说一会儿话，再回家去吃剩饭剩菜。她妈的食量很好，什么都吃，吃什么都有滋味。经常把剩菜剩汤，不管是咸的酸的，统统倒在剩饭里，大口大口往嘴里划，虾头蟹脚都用不着抿牙细嚼，嘴巴咂咂地响着响着就都消失在深海似的咽喉里。

她妈煮熟了饭自己走开，起先是困难时候，她觉着坐下来只张半张嘴，筷子只点点盘边，倒不如剩多剩少做一口咽下去的好。

后来，成了习惯。到街上站一站，屋檐下听听新闻，摊边说两句话，成了她的文化生活，她的唯一的娱乐。

没有人把朴实啊勤劳啊，这些好说好听的加在她身上。城里的两口子双职工，要是女的把家务事包揽下来，就叫作"自我牺牲"了。在丫头她妈这里，谁也不会发生这样高级的联想。这样的人，就这么回事，她有什么牺牲不牺牲的呢！她妈自己，实在也没有往这些上头想过。连个名字都叫不开，她倒觉得给她起名字，本来是牛皮灯笼白费蜡的事。饭前出来站一站，生活就算得畅快了。有时候从溪鳗那里听了几句话，会叫她笑眯眯地走回家去，喜欢得吃了饭，还换上新衣裳挑担子去。有时候又会弄得一肚子心事，恨铁不成钢那样，鼻子里哼哼地生儿女的气，嘴里倒没有几句话好说。和袁相舟，就只有拉长了脸，鼻子都不大哼的。对了，她的脸长些，眼睛细小，嘴大又方。袁相舟刚认识她时，有过"当大的小了，当小的大了"这样的评论。后来和她结婚，想着这不正好是容字脸吗！容字端正，一般也都派的正经用场，如军容、市容、内容、形容……袁相舟是个有文化的人，好角色，在城里当过中学教师的哩。

丫头她妈到鱼丸摊子那里站一会儿，多半是听人说张长李短，或是半夜三更，矮凳桥上鬼哭。丫头她妈只带了耳朵去。先前在生产队里做活，派什么做什么，用不着自家动脑筋。现在承包了几分田，春种秋收，再嘛施施肥锄锄草，年年照猫画虎，反正也不指望靠田里塞饱肚皮，直着耳朵听着点就是了。家里四口人，男人肚子里有墨水，手里有手艺，他的事情女人家还插得上嘴？儿女大了一点，就把妈妈当作做饭洗衣裳的人，妈妈又心甘情愿，连吃饭都让他们先吃，这还有什么说的？

不过有时候也说几句，说的是梦。这梦不是有文化的人，那种诗意的东西，也不是哲理，也不是比喻。这个对世界对家庭一味苦干，没有要求的人，却常常做实在的梦，实在又荒唐的梦。这算不算一个秘密呢！

"昨天晚上我梦见下大雨了。"

丫头她妈常常只用一句话，就把她的梦说完。溪鳗心里有一本梦书，是一个圆梦专家。她手里忙着，也不妨碍心里翻到梦书的下雨篇，接着查问细节：

"你在屋里还是屋外？"

"屋里。"

"屋里漏不漏？"

"不漏。"

"那还好。"

溪鳗拿起笊篱管自捞鱼丸。丫头她妈想想，说：

"屋里是不漏的。不过我想应当做饭了，一看，屋门口挂着一爿水帘，走不出去。"

"想做饭，肚子饿了吗？"

"饿了。"

溪鳗放下笊篱，那眍眼窝里眼皮眨眨的，好像翻着梦书，汤锅里蒸气腾腾。这时候的蒸气，在丫头她妈眼里，就好比寺庙里的香烟，心里不觉拘谨起来，绷着脸候着溪鳗发话：

"门口挂一爿水帘，那雨水不和倒下来一样了？"

"倒下来一样了。"

"那你们的院子才轿子般大，还不满起来了？满到屋里来没有？"

"没有，都流走了。"

"没有地方好流呀？"

"好流的，院子不是院子，街不是街，一片的墨黑墨黑，无边无沿一个黑洞洞……"

溪鳗点着头。丫头她妈看来，这头也点得通灵，仿佛前世后世的事都有数了。溪鳗说：

"我也梦见过万丈深潭，好比张着个墨黑的大嘴。"

"是呀，黑洞洞就和张着嘴一样，还哈哈地吸气，把雨水都哈进去了……"

"会走的牛羊，不会走的桌子板凳，连我这个汤锅，都哈进去了，哈个精光精光。"

"好吓人呀，我也吓醒了。"

溪鳗垂下眼皮，微微一笑，怎么还笑出来呢？丫头她妈吃惊，噤声，心跳。溪鳗笑道：

"真有你的，换个别人走来说梦，头句话一定是好吓人呀，冷汗都吓出来了，把人吓醒了。你是末末后才说这句话。"

87

丫头她妈觉着当然是自己不好，连连说道：

"无知无识，无心无肺。"

"你实，你牢靠。我和你说了吧，只许放在心里，不许挂在嘴上。只怕是个劫数，人会饿着，矮凳桥会墨黑，地面上会精光。不过，你不要紧，你屋里不漏，你一家人都会熬过来的。"

后来"割资本主义尾巴"，溪鳗的鱼丸摊子也"割"掉了。街上的店面都上了门板，再后来"困难时期"来了，街里街外都寻不着吃的……丫头她妈觉着溪鳗的圆梦，句句灵验，算得半个神仙。

不过溪鳗肚子里的这部梦书，也很难懂。丫头她妈自认学是学不来的。好比梦见小孩子，叫作"犯小人"。那小孩子是至亲骨肉，活泼，喜兴，也不是好兆头。要是女人家怀抱一个孩子呢，又好了，叫作观音送子。要是孩子身后，站着个大胡子呢，更好了，那是赵元帅和招财童子。梦见发大水，多么凶险也是好事情，着重在发字上，发财、发家、发迹都是这个发字。不过下大雨，又不吉利，本地方言，雨和祸同音。跑水、渗水、漏水都更加不好，那要留心冤家的暗算，仇人的陷害，走过屋檐下，留心砖头瓦片掉下来。

内乱武斗的年头，溪鳗只开半扇小门，没有特别的事情不让人进屋。丫头她妈来站一站，也是一个门槛里一个门槛外说几句话。有天丫头她妈说：

"昨天我梦见乌龟了。"

又是一句话说完。正是多事的年头,溪鳗也懒得盘问,说:

"长寿。"

"作孽,受罪,垫床脚呢!"

垫床脚?连溪鳗也圆不过来,只好问道:

"怎么?"

"一张老式大床,和一间屋一样。分里外间,里间睡人,外间放梳妆台、马桶柜。不晓得是地不平,还是年代长久,一只脚短了一块,把个乌龟当作砖头垫上。"

"那还不压死了。"

"压不死,它有硬壳。"

"那么大的床,硬壳还顶得住?"

"顶得住。"

"饿也饿死了。"

"饿不死,吃飞过的蚊子,爬过的虫子。"

"那要靠凑巧。"

"靠凑巧也没有死。"

"日子长了靠不住。"

"我看见的时候,垫了靠十年了。"

"哦,不是梦,是真事。"

"我小时候在外婆家看见的。几十年想都没有想起,谁还去想这些事,昨天晚上怎么竟梦见了。"

溪鳗长叹一声,眍眼窝里垂下眼皮,竟不说话。丫头她妈盯着候了一会儿,不觉心惊肉跳起来,连声问道:

"不好吗?是灾还是难?人口平不平安?"

"长寿,我说过长寿就是了,别的你不要问,也不用管。"

"长寿就好了。"

"垫床脚有硬壳顶着,吃吃蚊子也饿不死,这还不长寿?"

"长寿是长寿,苦是真苦。"

溪鳗点点头,说:

"你是一点不怕苦的,好了,不说你的梦了,我们说点别的。好比你们丫头她爸爸袁相舟,本来在城里中学堂,走进走出有人跟着叫袁老师。他倒了霉,才回到乡下来的。你看,犯错误的,做了'不是'的,用不着的失业的,都下放到乡下来种田。三年五年,十年八年,乡下好比个大劳改农场。"

"种田人又没有犯罪。"

"天生是个无期的命。"

"哟?"她妈好像叫"顶心拳"打着了。溪鳗接着说:

"前天车钻他妈来说,上面挑飞机兵。车钻样样及格,就是肩膀头多一块肉,那是从小挑担叫扁担压出来的,人家不要,种田人当飞机兵也难上难。"

过后一天,丫头她妈挑着两箩番茄回家来,吃力不过,看

见家门口了还要歇一歇。正好遇见儿子,儿子见妈妈脸都挣红了,拿过扁担来挑了走。走出去十多步,她妈忽然想起什么,叫道:

"放下,放下。"

儿子不明白。她妈抢上前来挑走了。挣红了的长脸上有话要说,却又不说,只管挣挣地挑着走。

从这以后,父子两个休想帮忙。实在当忙时候,丫头倒还可以打个下手。袁相舟有回问道:

"我总比丫头多一把力气。"

她妈说:"你总会有转运的一天,不要运是转了,当老师又不要你了。"

袁相舟也只笑笑。

谁知转运时候当真到来了。当前农村经济政策一下来,本地土话叫作"声叫声应",矮凳桥街上马上活泼泼起来,一转身,闹成了专业的纽扣市场。再转过年来,就有"自挣自力"盖三层楼房的先富户了。

不用说袁相舟,连那么个丫头坐着点点数,装装塑料口袋,贴贴招牌,也成把地抓钞票。钞票钞票,满街地飞钞票,说钞票,赚钞票。只有丫头她妈,还是泥里来水里去,也还是填不饱自家几张嘴,若论钞票把人分三六九等,她妈人前人后连个屁也放不响。

有天,她照旧到溪鳗那里站饭前的一站。溪鳗店门大开,里边有两个木匠师傅在装修吊脚楼,一番大干的景象。

"我昨天晚上梦见发大水了。"

丫头她妈还是一句话说完。这回,溪鳗眼望蒸气,嘴角出现会心的,也是神秘的微笑。先前圆梦,脸上都是阴沉沉长得出绿毛毛来,哪里有这样笑过,也没有见过这样的笑法,丫头她妈暗自思想。

一会儿,溪鳗问道:

"天上下雨吗?"

"没有。"

"晴天?"

"是吧?明晃晃的。"

溪鳗不抬眼皮,仿佛对着自己内心笑着,又问:

"水流得急不急?"

"急。"

"水面上漂不漂着什么?"

"水面上漂,不,立着一座座楼顶,楼顶上都有人,有站在晒台上的,有坐在瓦背上的。"

"都在干什么?"

"都在弄扣子呀,做的做,过秤的过秤,装袋的装袋,该干什么的还干什么。"

"你呢?"

"我坐在一只小船上。……对了,我坐着动都不动,那只船随着水漂,漂过楼顶旁边,那些人摊开手掌,怎么跟我要东西呢?我还会有什么呢?低头一看,船板上有些青草野菜,什么好东西,还不是马齿苋、酸模草、荠菜、灰菜。我抓一把扔过去,那些人接过去就塞在嘴里,说好吃好吃……"

溪鳗抬起眼皮,也抬高嗓音叫道:

"发吧发吧,你看看街上,不和发大水一样了。……丫头她妈,你要转运不要,要,听我一句话:种菜。"

丫头她妈笑眯眯走回家来,多少年圆梦,都没有这一回开心。不过她还是和家里的谁也不商量,管自种了菜。

种出菜来就要挑上街,叫卖。她不会叫,只把菜筐放在溪鳗店门口,一来街上摆满了纽扣摊子,见缝插针都难。二来讨价还价,算账找钱,遇见难剃的头,还要溪鳗帮一把。丫头她妈以前也卖过番薯,那是堆在自家屋里,左邻右舍走来称一秤两秤的。哪里经过现在这样的阵势!

过不了几天,她的菜挑子一上街,就有开饭馆的大师傅大声叫住,就有发了财的"大好佬"当街拦住,他们专挑新鲜细菜,不在价钱。有回说错了话,把一块两角说成两块一角,人家照给。

她妈从小种田,现在才觉着种出来的东西,珍贵。在众人眼里，旺俏。她先把旧箩换成新筐，敞口，好把细菜摆开。她的菜都要洗过涮过，青菜要显出青是青白是白，萝卜不带泥，红的红黄的黄。叶子要挺着，一张是一张，不夹带黄的萎的。不该带根的齐根砍掉，该带根的齐簇簇和老人家的胡子一样。

她原本头不梳脸不洗，也不怕站在街上听新闻。现在要换上干净鞋袜，有时穿上紫红毛线衫挑上菜筐，不怕磨损。早先在家里穿穿，做饭炸个什么油烟大，还要换下来的。

她现在很爱面子，讨价还价，若是还的价不是行情，她连理都不理。真正是新上市的好货色，她还言不二价哩。

她的劳动值钱了，人也值钱了，说起来像是这么个道理。不过她对待钱，不那么尊重。若是大票子，一把卷成圆筒筒往里衣腰兜里一塞。那些小票子和五分一分的，随便塞在外衣兜里，找钱的时候，成把拿出来，乱糟糟地抓给人家，都和城里大手大脚的人一样了。

后来市场管理把农副产品，规定在东口。丫头她妈的菜担随便钻小巷走屋檐下，都可以抄近路走到东口去。她不，还是从西口进街，穿过整条街，让人们看着她的成果，啧啧的啜牙花，又决不违反规定一路走一路卖。让开饭馆的着点急，只能预定三捆两捆的。让吃鲜货的"大好佬"，差不多是央告给留下一把两把。当然，溪鳗做鱼丸鱼饼用的小葱鲜姜，鱼面汤头里用的小白菜、寸把长的蒿菜，那是不用招呼给送上门的。

她要挑着菜担由西到东走一趟全程，不为生活，是生命的必要。在这条街上走了几十年，现在才是街上的一个人，少不了的一个人，和那些有头有脸有名有姓一样的一个人。走这么一趟街，一天的腰板都挺直，腿脚有力气。

不过有人说她是不是摆起架子来了？叫声丫头她妈给留点菜，她总是嘴皮动动的，说句什么话听也听不见，脸上还板板的，倒像保守着什么秘密。袁相舟听见人家这么说，哈哈一笑，说，要说她妈有秘密，天晓得，她的秘密就是做梦。

她妈听见这话，也不和袁相舟理论，倒和溪鳗说：

"什么做梦哩。人家叫我丫头她妈，我嘴皮动动是说，我有名姓。我妈妈梦见发大水生的我，起个名字叫王梦水。"

小贩们

——矮凳桥的小辈儿

江水滔滔。若是矮凳桥的那条溪,春雨涨水时节也不能用"滔滔"两个字。

大地茫茫。江南的春天,不下雨也下毛毛;毛毛下不起来,也做成雾——本地土话叫作幔。大地爱把生物幔着发情发育,等到肯叫人看得清楚的时候,已经是丰满成熟的夏天了。若在矮凳桥的溪滩上,还好在幔里看见四面包围着的锯齿山。

现在这条江上真是白茫茫一片,幔都无边无沿了。矮凳桥溪上好放筏,不好走船。听说筏可以一直放到这条江上来。什么时候也放回筏试试?幔大水大,放筏要命大。听说这一江水再走六十里,就到东海里去了。的确,世界是在幔里,眼睛睁裂了,也看不出去六十里……还是老老实实坐轮船吧。

这条轮船前边是条拖轮,中间是缆绳,后边拖着条大木船,像细腰身的蛄蜋,趴在幔里做梦,水在下边偷偷溜走。拖轮上也有个小客舱,叫作二等舱——没有头等。如要头等也可以,打官话下来,不拖上木船就成了头等了。那要多少钱呢,偏偏头等无票,不用客人摸出钞票来多退少补的。坐二等舱的客人,也都是只拎个皮包,顶多再拎只小皮箱。凡是挑担的,两个手提包用条绳子勒在肩膀头、胸前背后都胀鼓鼓的猪娘似的,一律上木船三等舱。就是买了二等的票也白买,一来是老规矩,二来二等舱没有地方放下猪娘来。

木船上有木门、木窗、铅皮顶棚的舱房,靠窗钉死了两行木板算是长凳。中间堆放箩筐提包,筐上包上好坐人的都坐着人,挤得查票员把脚插下去拔不出来,像走沼泽地似的。经济活跃以后,车船旅店的拥挤,叫人先"吓"一声刹刹霉气,随后说,又"大串联"了。

舱里挤不住的,就到船头船尾露天挤着,那多半是不怕风雨、喜欢开阔的年轻人。虽说有碍水手工作,也把他们没有法子。就在后艄舵工脚面前,堆起六个胀鼓鼓的草绿、深蓝、棕黄色的提包,甲板上坐着三个少年。还有一个坐在后门口,背靠板壁,身旁边一个大包,把这个角落做成独自享受的沙发。舵工踢着脚边的提包,叫那三个靠边,这一个就得意起来,嗤嗤地笑着……这四个"孩子"是"做队"出门的。

把他们叫作孩子,猜他们"做队"的是舵工。舵工是个大姑娘,人家去年就吃过二十岁的长寿面。她戴一顶蓝色晒成灰色的解放帽,把辫子盘在帽子里边,好像埋伏着一只蛤蟆。穿一身灰色抹黑了的劳动布工作服,卷着裤腿,赤着脚。有一双黑皮鞋甩在舵把旁边,那是半高跟的。她有时候站着掌舵,有时候坐在板凳上,把舵把夹在胳肢窝下边。一起一坐转动身体的时候,邋遢的领口袖口和纽扣缝里,钻出来戳眼的桃红贴身运动衣。那裤子撕开了的口子——当不是存心撕开,倒是撕开以后存心不缝上,好叫那里闪闪着崭新的柳绿。这个姑娘的光脚板又厚又方,真是船家的脚板。那双半高跟的黑皮鞋不应当甩在舵把下边,应当甩到江里去。可是她有一张瓜子脸,嘴也小巧,微笑起来像鸡心,好看。她本来生过气,厚脚板踢过碍脚的提包,现在听听四个"孩子"零零落落的闲话,不觉微笑起来。四个互相叫的是小名呢,还是外号?

那个独占舱门旁边的,瘦长脸,一头乱蓬蓬的长头发,衣裳领子那里的头发翘起来,好像鸡屁股。长脚长手,他要是朝横里长一点,也好匀称些。他叫"三只眼"。第三只眼睛在哪里呢,藏在鸡屁股那里吗?这个孩子大约十六七岁。舵把前面有两个坐在一起。一个上半身仰靠在胀鼓鼓的提包堆上，两条腿叉开摊在甲板上，这样坐着实际是舒舒服服地半躺着，也不管占了多大面积，更不管乱糟糟的人来人往，一点也不可惜一身新衣服——人造革"夹克"、混纺长裤。这个孩子眉清目秀，小分头，一说话却是个豆沙嗓子——又清甜又沙哑。是变音期间说话说多了，吵嘴吵过头了吧？这一个年纪最大，总有十七八，快有公民权了。孩子们只叫他一个字："官"。不像小名，若论外号有这样起的吗？坐在"官"旁边的叫"憨憨"，十六七岁，蜷起两腿，抱着两臂放在膝盖头上，下巴又架在手臂上，齐耳朵的长头发，从前额朝两边分下来，和乌黑的眉毛混在一起。他定定地望着江上的雾，雾也漫进了眼睛，眼睛仿佛挂着幔……这样的文静，怎么倒叫作"憨憨"？

舵工大姑娘先有点怀疑，这个孩子是不是个女孩子？这孩子不声不响"猴"在"官"身边，那"官"扬脚扬手说着话，有时还摸一摸"憨憨"的头发，碰碰他的肩膀，"憨憨"动也不动。这两个是不是一对？梁山伯祝英台？经过冷静观察——一冷静，女舵工的鼻子恢复了姑娘的敏感，那孩子再文静也有男人气味，这是个男孩子无疑。

还有一个孩子靠船边坐着，背朝江水，散披着褂子，自己说话插不上嘴，会心甘情愿把说了半句的话咽下去。不过外人一和他打交道，他会立刻绷下脸子，端起架子，小公鸡似的。

这个孩子最小,才十三四。他叫"肚脐",怪,无理可说。

"坐好坐好!今天雾大……"舵工拿厚脚板踢踢提包,"你都躺下来了,一有紧急,踏你身上过?"

"踏呗。"官的沙嗓子低声回了一句,身体纹丝不动。

舵工不满意,说:"本来这不是搭客的地方。"

"本来应当坐在家里,爱躺就躺一会儿。"

"本来应当坐在学堂里。为几张钞票,哼?"

这两个顶起来了,舱门那里的三只眼笑道:"师傅,没有钞票,饿肚上学吗?"

官也笑起来,不过不叫师傅,叫道:"大姐,我看你驶船,不是新手。"

"叫你看出来了!"

"我不会看别的,单单会看脚板。"

"脚板怎么啦?"

"方头,船家出身。"

"就你精。"

"只怕比我们还小的时候,就驶船赚钞票了。"

官转个弯盘"倒"了舵工,三只眼放声笑起来。刚才顶嘴的时候,肚脐已经绷起脸子,现在看着自己人笑了,也跟着放开笑声。

舵工盯了这个小孩子一眼,说:

"当心你的衣裳,还披着呢。"

"管我披着不披着……"肚脐咕噜了半句,警觉到人家把他当小孩子看,又绷起脸来说道:"我买的是全票。"

舵工微笑起来,小嘴仿佛鲜红的鸡心,说:

"我是说今天雾大,背后伸过一只手来抓走你的衣裳,你都看不清是圆脸还是方脸。"

肚脐一激灵。回头,身后是白茫茫大地,下边是滔滔江水,大家都笑起来。

官先收起笑声,正色说道:

"大姐说得对,江上伸出一只手来,这种事情是有的,特别是发幔的时候。"

舵工不知道官又要转什么弯,先点他们一句:

"这种事情,你们矮凳桥不少吧。"

三只眼说:"怎么我们就是矮凳桥的,作兴高凳桥也不一定。"

"你们的票买到哪里?"

"羊溪。"

"那你们是沿江来收个体户做的纽扣,背到羊溪去电镀,再背回矮凳桥去赚大钞票。"

官说:"大姐,瞒天过海,也瞒不过车船店伢。一粒纽扣一滴汗呀。"

"这么点大,就会当行贩了。"

三只眼说:"师傅,你也知道矮凳桥下只出鬼,不出产粮食。"

舵工口里小声说:"出的人也鬼。"

三只眼叫道:"饿起来真饿死人。"

肚脐叫道:"我小叔就是饿死的。那年我小学毕业,亲眼看见。"

三只眼说:"你小叔倒不是饿死,是胀死的。"

一直定定望着雾的憨憨,说了句什么,大家都听不清,他的眼睛还在雾里。官拍了他一下,才提高嗓子,说:

"不是饿死,也不是胀死。是水里,也是幔里伸出一只手来,把他拉下水里去的。"

肚脐点着头,他觉着得到了领头的支持,紧接着说道:

"那年矮凳桥还没有纽扣市场,卖纽扣给人捉住就和贼一样,和贼一样。我三阿公在县服装工厂当师傅头,那里缺货。我小叔东钻西钻想钻到县里去,半路上叫人捉住,捉住了。投机倒把分子,帽子戴起来了,戴起来了,关起来担烂泥,那里正造房子,担了十天,没有吃过一碗米饭,只给番薯吃。放了出来,脚骨都软了,都软了。不用说纽扣,连路费也全部没收。走到汽车站,那天有雾,想趁着雾腾腾,混上车再说。三脚两步,踢着一个什么,踢得飞起来,看着像个钱包,趁势扑过去,钞票已经撒出来几张了。这时间,汽车那里有人叫:钱包!钱包!我小叔拾起两张大的,赶紧闪开,闪开。有雾,有雾,几步就溜走了。先找一家饭店,要一斤老酒,要肉,要没有骨头的,端来一盘肉丸,吃了,又要一盘,又一盘,又一斤酒,吃得肚子满登登,满到喉咙,盘子里还剩一个肉丸,还剩一个,也放到嘴里咬着牙筋咽了下去。买张车票上了车,气也透不过来,车一走一颠,迷迷糊糊了。下车走回家去,走到矮凳桥边,口渴难熬,走到溪滩水边,蹲下来。两手捧一捧水,低头张嘴,不料哇地掉出来一个肉丸,扑通落在水里,再一个,再一个,三个,四个……沉到水底,滚到石头缝里,金光闪闪,啊,是金蛋,金蛋!我小叔两手伸下去抓,眼见抓住了,还在手指头前边,再往前伸伸,总是差一粒米冬瓜般大。我小叔快要爬到水里去了,还好,想了一想,这是什么缘故呢?这才看见有一只手,雪白,拨着金蛋,抬抬头,水面上有幔,幔着,什么也看不见,想站起来,两脚一软,栽倒在水边。后来有人看见,抬回家里,在床上翻来翻去,第二天,死了。"

肚脐讲完这件事,勉强笑了笑。该笑不该笑,他不清楚,看看大家,只有三只眼冷笑一声,别人都不声响。舵工眼睛盯到雾里去,紧紧抓着舵把,轻轻地摆动……

雾里边,有一个黑影,慢慢地推过来,越近,越大,越黑,越沉重,仿佛一爿山,山又带着哈哈的哈气声音,这哈气最吓人……忽然,黑影里冒出来一个清亮的男高音,悠悠唱着,细听大约是:

"二月清明花不开,

三月清明花开败;"

舵工皱着眉头,生着气,张嘴发出火来一般,火辣辣的不带一个字,只是:

"哦——呵——"

接着,恨恨地骂给自己听:"不要命了,这样的雾,这样重载。"

黑影里的男高音倒更加快活地悠悠唱下去:

"花开花败由不得你,

好时好节由着我来。"

黑影慢慢地落在后边,隐隐约约缩到雾里去了。

"你笑什么?"官伸手拂落拂落憨憨的长头发,"憨笑,憨笑。"

憨憨的眼睛一直还在雾里,拂落他的头发也只安静地笑着说:"雾里什么事情也有。"笑笑,"不管多么奇怪,在雾里就不奇怪了。"又笑笑,又说,"不管多么难看,在雾里就不难看了。"

"你说什么呀!"官沙沙叫道:"吞吞吐吐,真是个憨憨。"

三只眼说:"他在说梦话。今天起早了,他的梦还没有做醒。"

"本来就和做梦一样。我爸爸先做点小生意,常年在外边跑,我要我爸爸带我出去跑一趟,我说也不想别的,只想坐一趟轮船。我爸爸说,呸,你做梦。出门一里,不如屋里。晒,晒你个半死,冻,冻得你只想转世再做回人。生意有赚就有蚀,只剩条裤子回家过年,那还不如一条狗。我爸爸后来当了个林场工人,说,好了,总算有个坑好栽在那里了。不料现在我出来又轮船又汽车,赚的钞票比他还多。我妈妈说,命。我爸爸说,政策。"

舵工忽然插嘴问道:"把你当女孩子养大的吧?"

官说:"养了个憨憨。"

舵工不耐烦,说:"最好你由他说。"

"有天发大雾,我爸爸凑了两百块钱,顶现在两千块只怕还不止,放在一个带拉链的黑人造革皮包里。紧紧捏着,坐在轮船码头等船。清早,雾大,天亮也亮不起来,码头上影影绰绰有两三个人。我爸爸这边,只有我爸爸独自一个。忽然,一个硬东西顶在后腰上,不知道是刀还是枪,伸过一只手来,戴着个银圈圈戒指,拉开皮包拉链,拿走了钞票。这都是一眨眼工夫,等我爸爸清醒过来,雾沉沉,身边连个鬼也没有。接着,轮船到了码头,我爸爸糊里糊涂上了轮船,心口疼起来。他有这个老毛病,丢钱蚀本,准定发作。找个舱角落'猴'着,心疼得刀割一样。船到了大码头,大家都站起来下船,挑担的,背包的,人好像潮水一样,把我爸爸推上去了。上了码头,人都散到雾里不见了,我爸爸这才觉出来皮包怎么有分量呢,拉开来一看,两大捆钞票,白纸条子封着,就像银行里刚拿出来的,总有两千块……"

三只眼叫道:"顶现在两万,哼,丢了两百回来十倍,哼!见鬼……"三只眼"哼"得那么用力,当然没有什么虫子爬到鼻子里去,不过鼻子里倒是痒痒的。

"……我爸爸吓了一大跳。若说是不喜欢吧,心口马上不疼了。若说是喜欢吧,也没有喜欢起来,立刻看出来这个皮包不是他的,颜色、料子、款式都是一个牌子,雾又大,人又挤,不知道和谁拿错了!抬头看看,只见雾当中有个警察大盖帽,正朝着他拱过来。我爸爸是个老实人,抢前一步,把皮包双手递上去,说明缘故,大盖帽叫我爸爸跟着走,走到警察局,推到一个铁栅栏门里边,咔嚓一声锁了。里边有人朝着我爸爸歪牙咧嘴,我爸爸看也不敢看,就在门边角落头蹲下来。天昏地黑,过了不知道几个钟头,打开栅栏门,叫我爸爸出来,说,没有事了,你们两个走吧。怎么是两个呢,我爸爸这才看见后边跟着个人。警察又把一个黑皮包给后边的,说,你的,拿走。那个人伸手去接,我爸爸看见他手上戴着个银圈圈戒指……"

"哈!"肚脐睁圆了眼睛,"哈"出一声来,接着看看别人都不声不响，认真听着。这个孩子赶紧合上嘴巴。

"……我爸爸是个老实人，心想，今天只怕是碰着'鬼打墙'了，低头钻出警察局，和逃走一样。后边的人跟过来，叫道：大哥，大哥，慌慌张张做什么？前面有'大肚子'吗？投胎吗？你看看，这个皮包像是你的……我爸爸回头看皮包，不错，正是他的那个。这个人怎么叫自己大哥呢？雾已经散开了一点，我爸爸这才抬头看看人家，哈哉，这个人是我表叔……"

三只眼叫道："你有几个表叔？这是哪一个表叔？我认得不认得？"

官说："你三只眼都认得，别人只有两只眼睛。你看肚脐，听得眼睛眨也不眨，嘴也张开来了。憨憨爱看小说，上初中时候，女同学都叫他文学家。你们叫他编下去，这不就是电视连续剧？不过你们胳肢窝钻出一张嘴来一吵，他就不作兴编下去了……"说着，伸手拂落憨憨的长头发，"憨憨啊，骄傲……"

舵工的厚脚板跺了一下甲板，说：

"你又胳肢窝钻出一只手来！别人是文学家，你们呢，听懂没有？世界好比叫幔幔着，千奇百怪，你当是看清了，其实雾腾腾……"

三只眼的质问，官的辩白，憨憨都不在意。他只望着雾，微笑——也许是憨笑。舵工的这几句话，先带着火气，后头又添上了她自己的心事。憨憨倒更加温和地说道：

"我也不知道世界不世界,只是我喜欢看雾,觉着奇怪的、脏脏的、丑的,幔在雾里就好看了,哎唷,你们看,你们看!"

这时候,雾散开了些。雾散,不是全部一下子消失了,也不是全部慢慢地淡薄了。总是先有个把地方,起激烈的变化。现在就像有一群羊,头羊惊跑,羊群呼隆隆一拥跟了过去,立刻空出来一条巷,一条街。这条街巷里,近前现出江水,远处现出草地,一直到蓝蓝的天边。清清爽爽,全都刚刚洗过、淋过、擦过。江水澄清,绿叶鲜嫩,蓝天干净透明……仿佛是另外一个世界,仿佛云头的天门开了一下,现出一条天街。

"看是好看……"官说了半句,刹住。他看见两边的雾塌下来,漫过来,天街模糊起来,天门要关了。

三只眼接下来说:"好看是看起来好看,雾里来雾里去,生意人吃了多少苦头。都说矮凳桥发财了,矮凳桥人吃的苦头呢?只看见和尚吃馒头,没看见和尚求戒。这雾是水雾,世界上还有火雾。矮凳桥人做纽扣生意,哪个角落不走到?别人走不到的你走到,才有钞票把你。朝南走,越走越热。一个矮凳桥人说,先成天出汗,人好像从河里走出来,站一站,地上一摊水。后来,越走汗越少,再走汗倒没有了。见水就喝,见河喝,见井喝,见尿桶都想喝,身上又一粒汗也没有,不是不出汗,是一出来就烤干了。你说这个地方热不热?第二个矮凳桥人说，这还不算热，我走到个地方，母鸡下的都是熟蛋。下雨天，下松花……"

舵工嗤地一笑，骂道："烂舌根！"

"……第三个矮凳桥人说，那里还不算热，还没有火雾。我走到个地方，山和火焰山一样，山脚干黄干黄，好比火灰；山腰是乌棕，好比烧焦的；山头火红。山连山，好比火堆连火堆。一株草也没有，一只鸟也看不见。太阳一出来，山头袅袅地冒烟，吐着火舌头一样。太阳到了山头，烟就漫下山来，雾腾腾一片，这就是火雾。山谷中间有水有树有村庄，我找到村长，摆出我的扣子来，村长一样挑两三个，叫来一个女孩子，把扣子都缝在女孩子衣裳上，一推，女孩子出了门，跑到火雾里去了，跑了个圈了，站到一株树下，靠在树干上，只见扣子一个两个三个……自己掉到地上。扑落，扑落，落地有声音。村长说，你的扣子不错。我想扣子怎么掉下来呢？怎么掉下来才不错呢？这时候，一股火雾冲过来，靠在树上的女孩子跌倒地上，咔嚓，碎成两三段，墨黑，和焦炭一样。"

舵工想踢人，不过只把厚脚板踢了一下脚边的提包，笑着骂道：

"良心呢？难怪矮凳桥发财，丁点大当小贩，良心也烧作焦炭了。"

"大姐"，官沙沙地叫了一声，"我们矮凳桥穷山恶水，大姐你吃饱了不知道人家的锅是漏的。"

口口声声叫大姐,舵工不好骂过去,心想,难怪叫他官呢!只见官回过头来批起三只眼来:"开头倒还是说赚碗饭吃辛苦,说到后头就作孽了。三只眼你听着,我说个有情有义的三兄弟给你听。三兄弟朝北走,越走越冷。走到一个地方,撒尿要带条棍,撒完了拿棍一敲,'扑落'——掉了……"

官一直半躺在甲板上,叉着腿,说到这里,拱起小肚子表示站着撒尿,又做了个棍敲的手势。舵工眉头一皱,想骂声"恶作",还没有张嘴,三只眼已经放声哈哈,肚脐也跟着笑起来,舵工心想:小孩子,这也笑!

"……三兄弟看看这里有是有生意好做,多又不多。老二说,大哥,这里用不着三个人,再朝北走,还要冷,你身体不好,有咳嗽毛病,就留在这里,我和老三再闯闯看。老二老三走到一个地方,住在旅店里。早晨,看见人家到对门豆浆店里打豆浆、手里只拿条绳子,豆浆从热锅里舀出来,朝绳子上一浇,人家就拎回家去了。老三说,这算走到头了。老二说,不,你看旅店里住着生意人,要走到没有人肯走的地方,你年纪小,就在这里。老二再朝北走,走到一个镇上,冰天雪地,关门闭户,白天街上也没有人影。

"那天有雾,那雾里有雪花冰丝,糊冻冻的,人好像走到冰淇淋里去了。老二路上准备了个牛角,拿出来吹,呜哦呜哦,听听，没有声音。憋憋气，吹得头暴青筋，到底吹不出声音来。只好回到旅店里暖暖身体，把牛角朝火炉边上一挂。手脚刚刚活动开来，呜——哦，呜哦——呜哦——声音从牛角里出来了！接着，街上也呜哦起来，跑出来一看，啊，太阳出来了，冰淇淋一样的雾化开来了，刚才冻结的声音一个个出现了……"

这回，舵工也禁不住嗤地笑出声来，正要说什么，只见船舱里有几个人探出身子，这几个也是到羊溪电镀厂镀纽扣的。

舵工叫道："到了到了，到羊溪了。"

官应声跳起来，船还没有靠岸。前边拖轮上传话过来，雾大，靠不了码头，有要紧的，只好蹚水上岸。要不，再走五里路，下一个码头好靠。

这时，雾在动乱。一团团朝东推进，一条条又朝西钻、朝西拱。因此，破坏了均匀。有的地方浓重发黑如铁，有的地方清浅如半透明的纱巾。船边上，雾又从水面升起一米高，仿佛掀起了幔的一只角，清清楚楚看见了水面，看见了好像刚刚冲洗过的羊溪码头，那码头上的房子，上半截烟云缭绕……

船舱里的几个客人说，水冷，石头滑，雾大，提包重……还是下个码头再上岸吧。

官却叫一声："上。"

说着甩掉一样脱去鞋子、袜子，一双雪白的脚踩在甲板上,接着脱外边的长裤,脱"夹克"……

三只眼也脱鞋子、袜子、长裤……他和官一起动作,又总比官慢一步,好像真有第三只眼睛看着比着别人……

扑通,官翻过船沿跳到水里,三只眼叫道:

"官,水凉不凉?"

肚脐也脱了鞋袜,叫道:

"官,水深不深?"

官都不回答,只高举两只手到甲板上来,沙声叫道:

"把提包给我。"

憨憨解开绳子,只递给官一个提包。官把胀鼓鼓猪娘似的提包,朝肩膀上一扛,踢着水朝码头上走了。三只眼也下了水,绳子勒在肩头,胸前背后各一个猪娘,甩着手在水里走不稳当。肚脐也下了水,嘴里叫着"官","官",就像孩子叫着哥哥姐姐。最后下去的是憨憨,这工夫他只马马虎虎卷上了裤腿,满不在意地穿着鞋袜下了水,不过他身上是三个大包,自己的两个勒在左肩膀上,右肩膀扛着官的那一个。

官到了码头,放下包,飞快转身回来接肚脐,接憨憨。孩子们踢着水,笑着,叫着,跑着,好像是旅游,是在海滩上玩……他们的下半身清清楚楚,上半身在云雾里,在神秘的幔里……

舵工看得出神,忽然发觉脱去"夹克",穿着紧身运动衣,留着分头的官,胸前出现曲线,又尖锐又饱满,正如藏着两个鼓胀起来的花蕾，天啊天，怎么这一个倒是个丫头呢！一直没有发觉，又一直的嫉妒她。憨憨身上三个包，一吃力，肩膀和胳臂都隆起成块的肌肉，这个长头发的文静的孩子，显出了牛犊一般农村后生的体格……

轮船开走了，船舱里没有下去的客人议论着，又叫这些孩子抢先一步，到下个码头再走五里回头路，赶到电镀厂，只怕这些孩子已经镀完走了。这些小贩不得了，那个官已经在矮凳桥赚下一间店面，租给她的妹妹，一个月租金两百，分厘不少。她背纽扣回去，卖给妹妹，又比行市少算一厘。她再赚下一间店面，就要"娶"一个后生进来……

同　学

——矮凳桥小品之三

　　这个女人不笑的时候，看起来有二十八九岁了。不过她爱笑，老是笑，笑声又响亮，好像十八九的大姑娘。

　　这时候还是早上，还看得见太阳斜斜地落在地上。一会儿，纽扣摊子全摆出来，人来人往，就会把太阳挤得看不见了的。这时候街上的摊子也不少，那是笼屉蒸着，油锅炸着，汤锅煮着的早点摊子。还有夜潮打回来的鲜鱼活蟹，还有带着露水的青菜……这些摊子等会儿大部分要退场，不退的，也会叫纽扣摊子挤得看不见了的。

　　这时候街上人也不少，买菜的，吃早点的，买菜兼吃早点的，买菜吃早点兼谈生意互通信息的。

那笑着的女人转着身子，让着来往的人们，招呼着跟在她身后的一个男人。这男人也不过二十八九吧，不过头发已经悄悄地在额角那里，往上拔了。

女人笑着转着眼睛四下溜着，看中了一个汤圆摊子，那里刚生上火，还没有开锅，也还没有主顾，正好坐下来说说话，女人说：

"坐着坐着，想不到你会到我们这个乡下地方来。"

"乡下地方？现在是大名鼎鼎的纽扣市场，先进地区。"

"先进不先进，还没有'定性'呢。不过你来做什么？是买还是卖？都不是吧？搞调查？办案子？"

女人单刀直入。男人慢言细语，上半句总是试探，下半句总留着余地。他又诚恳又细心，又处处藏着精明，他说：

"你看我像个干什么的？"

"我看你就是个老同学。"

"我来开开眼界呀！"

"你们在城里的同学，常见面吗？"

"也常见也不常见，不过见面常常说起你。"

女人高兴，又笑又叫道：

"是吗，骂我吧，笑我吧。"

"前几天我还说，回忆中学时代，你给我的印象是：勇敢的化身,快乐的象征。"

"真的吗?你咬文嚼字,可不要嚼舌头。你说,怎么会给你这么个伟大印象?"

"因为你特别,你突出。那时候大家都不谈恋爱。有的不懂,有的不敢,有的有一套大道理:妨碍学习啦,影响不好啦。你呢,偏偏恋了又爱,爱了又恋。"

女人又笑起来,这回不是大笑,不过嗓音又厚又亮又气长。说:

"想不到落在这个乡下地方,猴着,成了现在这个样子。"

男人估摸着火候,照直说道:

"是想不到,真想不到,那么多人追你,却怎么选上了他。"

"那时候不嫁给他,活着都没意思了似的。嫁了他,才知道这个人真坏。"

"听说蜜月期间,就打了你了。"

"打还打得刁钻古怪。我跟他到乡下来,没有几天,我觉得沉闷,不习惯,我就唱歌,本来我最喜欢唱歌……"

"你就是唱歌和笑。"

"我一唱歌,就有些人站到窗外来听。那时候乡下真叫闭塞。有一天,他在窗外吵了几句,气冲冲跑到屋里来,叫我脱掉衣服,趴着,打我的屁股……"

男人顺下眼睛看着桌面,不让人看见他这时候的眼色。那女人却不知觉，只管说下去，也不小点声，她不怕满街的人都听见。说着还带着笑声，开朗到这个地步：

"……打完了，下命令，不许穿上衣服。他出去锁上门，我只好钻进被窝里。"

"封建恶霸！听说你闹过离婚。"

"闹过。"

"怎么没有结果呢?"

"闹是闹，真想到离婚后的生活，我就傻了。一个孤单单的女人，多空虚，多困难。"

这回男人笑了起来，他的笑是不出声的，可又洋洋得意的：

"放心好了，你现在也还又年轻，又漂亮，又爽朗，包你走到哪里，哪里有人追。没有工夫空虚，只怕接待还接待不过来呢。"

对男人这一番话，女人倒不笑了，只说了声：

"老了。"

这时，摆摊的端过来两碗粉白细嫩，珠子般的汤圆。女人让了让，在这让的工夫，她打量了老同学：

"你倒还那么漂亮，不过原先那种女性美少了。那时候女同学都喜欢你，偏我觉着你太'女'。"

"我的黄金时代已经白白过去了，现在也还是孤家寡人。不过不要说我了，说你，你要是想找个比他好的，太容易了。"

"他给我一个深刻的印象,男人就是那么坏。好的男人或者有,不过我挑人家,人家也挑我呀,怎么会挑上我呢。"

"请问——"又咬文嚼字了,"好坏之分,主要分在哪里?"

女人好像是认真想了一想,但又很快回答道:

"在人前是这样,背着人还是这样。太阳光下是这样,黑夜里还是这样。"

男人点着头,靠近点女同学,说话更加细软,但也更加明显的字字背后是精明:

"你不能太便宜他了,越便宜他越不识货。你先离开他,给点颜色看看再说。要他拿出钱来,他发的财里有你的一份。衣服要带走,首饰铺盖要带走,不能傻子一样,走出个光身子就算了。"

"好可怜啊!"女人爽爽快快地叹息一声。

"一口气也不叹给他。现在这种事情太普通了,都算不得悲剧了。"

"离开他没有什么,长离短离都不要紧,我已经没有一点点爱他了。只是我到哪里去呢,哪里马上有住的有吃的有安身的地方呢。"

女人家说着拿起汤匙,却不吃,只搅着珍珠似的粉团子玩。男人再靠近一点,再细软一点说道:

"放心,你有那么多同学呢。要不,要是你愿意,先在我那里住下来也很方便……"

女人从汤碗上边抬起眼睛,望着男人,眼睛里出现笑影,忽然一抬头一笑,忽然笑里唱出歌来:

你要是嫁人不要嫁给别人
一定要嫁给我
带着你的财产
还有你的妹妹
赶着马车来

女人是压着嗓子,小声哼哼的。不过那声音还是浑厚,特别是元气充足。男人听了头半句,就低下头来捞汤圆吃,再不愿意别人看见他的眼神。

女人唱完了,望着男人已经悄悄上拔的额角,说:

"你有办法解决一部卡车吗,要有,我立刻跟你一道走。"

"什么,你们……"

"不,他做他的纽扣,我自己搞了个运输组,还不敢叫公司。"

这时,太阳已经全部落下地来,但是街上已经严严地摆齐了纽扣摊子,好像都看不见太阳了。

哆 嗦
——十年十瘾之一

浩劫过去两年,有人说:"好肉自己挖烂了。"再过两年,有人说:"肉有霉烂,挖还是该挖。"又过两年,有人说:"挖肉补疮不是办法,改革。"这以后忙起改革来了,没有工夫说回头话,只是社会上留下不少的瘾症。这个瘾字早先就有,不过不多见,不像现在高楼大杂院都能撞上。

麻局长当副局长的时候,中学生拥进办公室,把他揪出来陪斗。他立刻笑着说:

"我去我去,我支持革命。"

那时候已经没有"公"好办,他把桌上的报纸整理了一下，让中学生们拥着走出办公室，快走到院子门口，一边一只手攥住他左右手腕子，再一边一只手搭在他左右肩胛骨上，这叫作"揪"，是把"黑帮""揪"上会场的标准姿势。恐怕不是新发明，古典戏曲舞台上大家都有印象，因此天南地北，不教自会。麻副局长个不高，自动窝腰躬背，帮衬着中学生达到标准。还侧过脸来，笑着替局长说话：

"局长是大学生，老知识分子，那时候家里要没有几个钱，上不起大学。局长在大学里就参加学生运动，背叛了地主家庭……"

"噌"，屁股上挨了一脚，"栽"出了门口，幸好一边一个"揪"着，才没有倒地，踉跄跌下台阶，看见局长跪在院子中间，后背渗血。麻副局长心想：怎么这样了呢？昨天还是站着回答问题……

不由分说，在局长身后下跪，他还哄小孩似的自作主张，稍稍两膝分开，放平脚板垫着点屁股，跪中沾点"盘腿"。知识分子局长全不会，直挺挺硬跪着，那能"支持"多久呢！

中学生问道："什么出身？"

这是当时到处一律的"当头棒喝"，把个棒槌也认作"针"，不带一丝半点的玩笑。现在谁要是对这份儿心有些怀疑，势必"看不懂"后来的故事发展。这是敢跟诸位"拉钩"的。

不过这里说的"当时",是漫漫十年浩劫的第一个回合,头场厮杀。

麻副局长也特意庄重起来回答道:

"三代贫农。到我父亲手里,已经是佃农了。我大哥,落到雇农。"

中学生们眼睛一霎,嘴里忙不迭地改不了词儿咕噜咕噜着,麻副局长又想:还是要把革命"支持"下去呀,补充说道:

"可是我四爷爷,给地主当个护院,挎过盒子枪。"

没想到一片口号,紧接着噼里啪啦一顿打。知识分子局长跪也跪不住,歪倒在地。麻副局长趁势盘腿伏下,护住前胸脸面。他少年青年时代挨过不少的打,痛在身上,却不惊慌。那贴地的眼睛,还能把眼珠转到眼角上,看看革命的革法。忽见十五六岁的女中学生,短头发,眉清目秀,解下三指宽的牛皮腰带,下手比男学生还狠,腰带头上的铜扣都带上血点子来了。当年地主打人,平常也不往死里打,还要留着做活呢……麻副局长暗暗惊诧。

这一夜完全睡不着。上半夜心里乱糟糟的,下半夜踏实下来。麻副局长还是有农民气质,心里越"嗷嘈",手里越要找活做;手里一做上劲,心里也麻木仿佛踏实了。一夜工夫,他写了张大字报,把半生经历和盘托出。十三岁当看牛的,游击队来了,跟着走了。头一回打仗,拾起战友的步枪,去拼刺刀,因为年小,叫敌人挑破肚皮。后来叫炮弹削过大腿,叫飞机炸到半天空摔下来……他也班长、排长、连长一级级提拔上来。立过功,得过军功章,从来没有受过处分,历次运动没有挨审查……

第二天早上到院子里贴大字报,身上的血疙疤全不在意,兴冲冲地对正取齐,做一溜贴过去,占了一面墙还带拐弯儿。一边贴一边就招人看了,时不时的有小声议论,他也不细听。贴完了去打扫厕所,面现喜色,手脚带出兴致来。

中午,七八个人一窝蜂围上他,围到院子里,围到他的大字报跟前,从头围到末尾,站住,散开一角,叫他自己抬头看看……

大字报末尾,照当时的规矩,都要写上敬祝领袖"万寿无疆"。麻副局长一看,怎么是"无寿无疆"了呢?脑子里"嗡"的一下要懵没懵,使劲镇定。再一细看,那千该万该该是个"万"字的地方,千真万真真是个黑黑粗粗的"无"字,麻副局长心里哆嗦起来,耳边听见叫喊:

"现行反革命!"

"罪该万死!"

"砸烂狗头!"

这些倒还不要紧,麻副局长知道还不会当场"砸烂"。要紧的是自己内心的哆嗦，电流一般通到外头皮，好像全身肌肉，全都颤颤的掉渣儿了。咬牙、绷筋、闭气，全禁不住这通电的哆嗦呀！

"还自吹自擂哩，怎么脸无人色了？"

"什么英雄？狗熊！"

这些也都是耳边风，连那个黑黑粗粗的"无"字也消失了。麻副局长的注意力集中在两个膝盖头上，这两个东西管自摇铃一般要摇着跪下了。他明白全身哆嗦仿佛冲开了闸门，再也阻挡不住。只希望拼上最后一口气，叫两个膝盖挺着……

"大家来看，还有个人样子没有！"

"满纸假话，一片谎言，撕掉！撕掉！"

这些事情都过去了。不过不是流水一样过去，也不能够像过去一场暴风雨，或拔屋伐木，或冲毁庄稼，都只是地面上的灾害。这些事情，是幽灵的噩梦。

那位知识分子局长折磨死了。等到噩梦做尽，麻副局长回归岗位就顶替了正局长。收拾残局，提拔一批青年当上科长。

有个青年科长常在麻局长跟前走动，有天，跟着出差郊区，在招待所里同住一个套间。晚上吃了郊区实惠的酒席，科长沏上浓茶解酒。借着酒兴笑道：

"那年揪您出来，我也在里头起哄，记不记得？"

麻局长点点头。

"我就是有一件事情不明白，搁在心里好多年，清查也好检查也好审查也好，都查不到这个事情上头……"

麻局长笑笑，可是眼皮也没抬。

"……倒好，在我心里越搁还越是问题了……您困了吧？"

"酒还没下去呢，不是跟你说过，郊区酒篓子可多了。"

"麻局长，就说借着酒劲儿吧，我把这个问题吐出来。"

"可见我官僚主义了，下边提个问题还得酒胆子。"

"跟官不官僚没关系，这完全是个个人问题。"

"哦！"麻局长端上浓茶，望着科长，"你还是比较直爽的，快别吞吞吐吐了。"

"那天揪您到大字报跟前，让您看那'无寿无疆'的'无'字，您看仔细了没有？"

"这有什么仔细不仔细，傻大黑粗一个'无'字。"

"傻大黑粗……您看了就哆嗦起来……"

"说呀，自己看不见自己，怕脸也不是人色了吧。事情都过去多少年了，你尽管说吧。"

"您越哆嗦越厉害，……"

"是呀，马上不就是现行反革命了吗？"

"您哆嗦得都，仿佛，快站不住了。"

"要命的是两个膝盖，它非得往下跪，你看。反革命还是

125

现行，谁不肝儿颤呀！"

"可我怀疑。当时就有点儿怀疑，后来越发怀疑，直到您的历史审查清楚了，您大字报上写的全部属实，我的怀疑更解不开了。"

麻局长望着青年科长，想说什么，一会儿，喝口酽茶把话咽下去，挪开眼睛。

"麻局长，您本是个英雄人物，不说早先，就您贴大字报顶风，那是什么劲头！经过的事情太多了，您也多方面考虑了。"

麻局长又看了科长一眼，只见这个青年比喝酒时候，还血红，眼睛都充血了。他倒分外冷静起来，透出差不多是老年人的慈祥，笑笑。

"麻局长，您的一生见过多少生生死死，在敌人面前，在自己人面前，您都临危不惧。人生最多不过一个死呗，打成现行反革命，也还不会当场活活打死，离死总还有一截路呢！您怎么会那么哆嗦呀？我要说得对，算是酒后出真言。我要说得不对，算是酒后胡说，您哆嗦得真真不像个样，和您的经历完全不称！"

"你说的是真话，是实情。我自己也一直在怀疑，也有解不开的地方。"

青年科长说着怀疑，那表情仿佛咬着他的心似的。麻局长也说怀疑，却是老年人的心平气和。

"麻局长，请你回想一下，当时不过是个'无'字，你刚才说是傻大黑粗？"

"这我印象深刻，是傻大黑粗。"

"可我提醒一句，您的字体笔画细长条。"

"当时我脑子里也有个'转游'，可是已经哆嗦起来了，顾不上别的，一心只想控制住这哆嗦。"

"不过这一个字不是'别的'，要是这一个字上有点毛病，您就用不着哆嗦了。"

"我不是说哆嗦已经起来了吗。"

"好比说，这个字是别人涂改的。"

"我集中全身力量，使尽吃奶那一口气，也要压住哆嗦。"

"那么说，您这哆嗦和这个字，又有关系又没有关系。"

"你很机灵，年轻人，也别机灵过头。"

"过后好长时间，定案，平反，您都没有提出这个疑问？"

"大字报当场就撕了，没有证据，提什么！"

"当时拿您的大字报没法办，根子正，一色红，滴水不漏。可是派仗已经打起来了，不能让对立面盯着揪错了人，就有个机灵鬼出了个馊主意……"

"不要说了，事情也都过去了，好比大家做了个噩梦，你我全在梦中……"

"您得让我说出来，我在心里憋了多少年，您越心平气和，我越觉得对不起您……"青年科长跳了起来！"我——"

"坐下！"麻局长大喝一声，镇住科长，"你不要说了，坐着，茶也酽了，喝吧。"

科长遵命喝茶，果然酽得好苦口，酒劲好像也真的解下去了。麻局长这才慢慢说道：

"今天晚上，你跟我说了憋在心里多少年的话，掏了心窝子。那得一报还一报，我也得掏心窝子给你，要不，不平等了。我也有个情况，审讯也好，定案也好，平反也好，都没有说。一来说了也无济于事，再呢，怕副作用，怕误会，怕牵扯别人……我们老一代人，条条框框是比较多。当时我一见那个字，明明傻大黑粗，也立刻哆嗦起来。不过一边哆嗦，一边脑子还能'转游'。忽然，有件事情跳了出来，这件事情搁在心里多年了，平常也想不出来，到这节骨眼上，跟鬼似的闪出来了。这一闪，那个哆嗦也有了鬼了，浑身不听我的了，鬼叫两个膝盖跪下，可我总不能就这么下跪啊，我和鬼缠上撕掳上了……"

青年科长瞪着眼睛，支起耳朵，一声不响。

"……当然，鬼不鬼的是打个比方。我十三岁那年扛半拉活，当小看牛的。闹日本了，地方上拉起游击队，我跟牛说，你们自个儿回家。我就跟着队伍走了。游击队司令是个天不怕地不怕，只有人怕他，连枪子儿也怕他。什么碉堡，什么高地，只要说声拿不下来，他带头冲上去。身经百战，没有一个要紧的伤疤。子弹、弹片进了肉，也不敢碰骨头。在我小心眼里，那是指天说地头号英雄。后来队伍越拉越大，到解放时候，大军南下，他已经开创了一个地区，自立成王了。不久，司令首次进北京开会。会议中间，点了十多个人，立刻是领袖召见。赶紧穿戴整齐，互相检查，眼睛查着别人，两手摸着自己的扣子呀帽子呀。倒也没有人紧催，自己紧紧张张地上了大轿车。拉进了红墙红楼红门，进门就下车，只见大道宽阔深长，绝无人影人声。十多个人自动排成队，单行前进。两边是茂盛沉默的柏树，没有飞鸟，没有爬虫，树下隔隔地站着警卫，沉默笔挺，仿佛是柏树的'树娃'。走进一个四合院，十多个人在北屋廊下站住，眼睛望着南边。南屋东头一溜白粉墙，墙下有过道。院子开阔，竟没有树，没有草，没有盆花。四面的房屋都闭门关窗，都朱红，谁也没有细看，只是视线穿过一片红糊糊，盯住南头过道。不知多久，听见南屋后边有说话声音，针尖落地也听得见的地方，这说话声音听得清楚，又听不清楚说着什么，立刻，白粉墙上出现高大身影。身经百战的游击司令，忽然哆嗦起来，他自己好生奇怪，枪林弹雨里没有手颤过。这一奇怪反倒心惊肉跳了，咬牙使劲也禁不住哆嗦了，两个膝盖竟摇铃一般，大刀砍过来也不知道下跪的这两个东西，遇见喜庆事儿，光荣事儿，怎么会要跪下跪下似的……这是多少年前说过的话，平常也想不起这个来。赶我站在大字报跟前，发起的哆嗦还能控制，这个事情鬼一样闪上心头，我就摇铃了，散架子了，挨刀也顾不上了。这顾不上的话也是司令亲口和我说过的，他顾不上听，顾不上答话，原先准备好的几句报告，一个字也没有了。司令是个直肠子，他原原本本跟我学了一遍。其实这里头毫无秘密，司令也说他心里绝没有藏着掖着的，就不明白这是怎么回事儿……我一直没跟谁说过，照你们考虑，恐怕扯不上什么副作用呀什么的。我们两代人是不大一样，今晚跟你说了，还是希望这屋里说这屋里了，不要外传。"

青年科长听了，说不出一句整话来，当晚休息。后来，还是当作茶余饭后的故事传出来了。传来传去，不免添油加佐料，麻局长也拿青年科长没有法子，只好叹道：现在的年轻人，全不管不顾的。

司令也在浩劫中据说是自己摔到井里，死了。那口井当时立刻填上了石头块儿。后来平反，家属要求扒井，捡出零碎白骨，又不同意火化，装楠木棺材，又专车运回故乡，造坟立碑。为了照顾家属情绪，一一照办。

哆嗦故事传出来以后，家属好不恼火。要求澄清，要求辟谣，要求追究责任。组织上让大家向前看，不要再"磨粉"这些事。

麻局长年纪也大了，有点精神不济。说着说着工作，会来两句相干不相干的话:"这可是真事儿,还真是说不清。""知道是这么回事,不知道是怎么回事。"有时候也会看见青年科长的冷笑,仿佛尖刀一闪。后来也知道背后有人拿他这几句话,寻开心。也只好装不知道。有回走过走廊,听见一间屋里青年科长说话:

"这可是真事儿,还真是说不清——哆嗦。"

屋里年轻人笑。

"知道是这么回事,不知道是怎么回事——哆嗦。"

屋里年轻人大笑。

不久他就动员离休了。青年科长提升做副局长。

麻局长一离休,不但司令家属,连几位老战友都表示对哆嗦的气愤,青年副局长用商量口气,帮助老人们归纳意见:至少是损害英雄形象!是不是还影射着什么?

麻局长也不去老干部俱乐部打牌了,组织离休干部旅游、疗养、参观,一总不去。大白天,连窗帘也不爱拉开,谁也不知道他独自在屋里,怎么摸摸索索过日子。

有天傍晚,麻局长忽然听见敲门一声比一声急,嘭!嘭!!嘭!!!还没有答应出来,门外叫道:

"瞧您来了,给您送节日礼物来了!"

听出来是青年副局长响亮的声音,又听不出来说的话是什么意思,脑子转不开,禁不住全身一激灵,一快转身,一个冷哆嗦，扑通，竟对着门跪下了，那门自己拉开，青年副局长呀的一声往后退，后边有人跟着，连声问怎么了？青年副局长失声说道：

"怎么麻了？麻了？"

麻局长姓麻，从来不是麻子。

黄 瑶

——十年十癔之二

"浩劫"过去以后,有的机关做得干净,把漫漫十年里的"交代""检查""认罪书""思想汇报",还有造反派弄的"审讯记录""旁证材料"……全从档案里清理出来,装在特大号牛皮纸口袋里,交给本人,任凭自由处理,一般是一烧了之。黄瑶拿回家去时,她的男人多一份儿心,悄悄藏过一边,只说是烧毁了。过了七八年,却派上了正经用场,交给精神病医生。据说,对治疗黄瑶的癔症,大有好处。下边是医生抄摘出来的部分,稍分次序,略加连贯。

黄瑶是个美人,五官细致整齐,不过女人们说她是冷面孔。冷面孔的意思是和男人对面走过,不会多看她一眼。男人们反映:没法儿,她老垂下眼皮,和她说话,她的眼睛顶多只瞧在人家胸口上。

什么"司令部""指挥部",什么"兵团",连七长八短的造反组织(出来一个"千钧棒",跟着就有一个"紧箍咒"),都没有把黄瑶看在眼里。后来有头有脸儿的是共产党都成了叛徒,沾国民党的都是特务,革命还要继续,清理到海外关系,才把黄瑶揪出来。

不知道从什么时候起,黄瑶脖子上总有一条纱巾,春秋正好合适。冬天掖在领子里,外边再围一条大围巾,也还说得过去。夏天起点风,蒙在脸上挡沙土,就显得勉强些。大太阳时候散披在肩膀上,叫人瞧着纳闷儿——这是哪一路毛病?和海外哪一条勾着?拿它怎么上纲上线?

人家和她说话,她会"嗖"地扯下来拿在手里。"嗖"的本来是动作飞快,为的叫人眼皮子来不及眨,瞧不真。可是一回"嗖"两回"嗖",反倒显眼了。人眼里或愣或疑或恼,总之,眼不是眼了。

人家的眼神稍稍一变,她的两手就把纱巾绞来绞去……慢着,不是说她从不抬起眼皮看人吗?顶多只盯到人家胸口上吗?怎么看得见别人的眼神呢?看得见的,仿佛是时下新兴的热门话题儿:特异功能。只要人家的疑心或是恼心或是狠心或是不规矩心胖大了，眼色也随着古怪了。人家多半知道自己的心机，不知道眼神会泄密。可是黄瑶连眼皮也没抬，就会把纱巾越绞越紧，会紧到麻花似的捆住两个手腕子，把自己捆一个贼似的。

黄瑶老家在南方海边，是个侨乡。海外的亲属见过面的，上数能数到叔公，下数论辈分都有外甥孙了。北方的造反派没有见过这阵势，倒想也到海外"外调外调"，顺便也看看垂死的糜烂生活。可惜世界革命大约是过两年再说了，眼下还只可关门打狗。

因此，黄瑶落进了"无头公案"，比走资派还难斗倒斗臭。对她，只能打"心理战术"。

有一个造反派是个矬壮小伙，长一双孩子气的大眼睛。有天他审问黄瑶，灵机一动，一伸手，把那条纱巾抓了过来……

十几年后，才让医生分析出来，这个小动作非同小可，后头的坎坷都由这里起，差一点废掉小伙一双眼，送掉黄瑶一条命。

不过当时，矬壮小伙不禁微微一笑。他看见把纱巾一抓过来，黄瑶冷不丁一个哆嗦，眼睛由人家胸口收回去，盯在自己胸口上了，跟闭上了一样。那出名的冷面孔也黄了，跟黄杨木雕的傻菩萨似的。

小伙心里笑道：开局打得不错，这心理战有打头。脑子里闪闪着想象力的光芒：纱巾犄角上缝着什么？图案上有密码？浸过药水？是个暗号？

小伙走到黄瑶跟前，差不多是胸脯贴胸脯。小伙命令黄瑶抬起眼皮，瞧着他的眼睛。小伙矬壮，为了眼睛对上眼睛，踮起了脚儿来……看起来好像小伙把自己当作一部测谎机，不对，那是外国东西，非资即修。小伙子采用的是施公案彭公案里的国粹……忽然，嗖的，猫扑老鼠，鹰抓兔子，黄瑶两手跟两爪一般飞起落下，落在小伙两眼上。小伙一个激灵，一挣，一扭，转过了身体。黄瑶的两个爪子，还由小伙脑后包抄紧抠。小伙大吼一声，往前一拱，屁股一撅，把黄瑶背在背上，两手一托，打开两爪，腰背一闪，这小伙壮实，把黄瑶"趴蹋"摔在地上了。

大家闻声围上来一看，只见小伙上半张脸，一片的血"糊垃"。赶紧送医院，却用不着抢救。当时小伙和人家眼对眼、鼻子碰鼻子，黄瑶两爪上来不能直扑，只能迂回，就这刹那时间，小伙挤紧了上下眼皮，保住了孩子气的大眼睛。脸上不过是皮伤，抹点红药水紫药水打个大花脸就算完了。

黄瑶当然是现行反革命，铐上了铐——铁麻花，下了大狱。

矬壮小伙的大花脸上孩子气大眼睛睁圆了，说：这下可看见了黄瑶的眼神，好像，好像，黑色素沉淀了，干巴了，像两泡铁砂子，沉沉的，毛糙糙的，没有亮光……说到这里，小伙不知道他那孩子气眼睛也沉淀也毛糙起来，还只顾说别人，说：一句话，不像人的眼神。

若干年后，黄瑶从监狱里放出来，她有悔罪的表现。其中有一条是：常要求把她的手铐上。哪个犯人不怕手铐？那是刑具。绿林好汉把手铐叫作手镯子，可是没有一个要求戴上手镯玩玩的。

审讯记录里也有医生有兴趣的东西。

黄瑶六七岁时，家里日子不好过。爸爸妈妈到海外投奔叔公去，把黄瑶交给亲婆。南方叫作"亲"的，就是"干亲"。北方爽直，用"干"字，好比说干妈干爹。"干亲"本来不"亲"，南方偏叫它"亲"。"亲娘""亲爷""亲婆"。

亲婆有孙子孙女，和黄瑶上下岁儿。好比一块糕半张饼，黄瑶伸手要拿，亲婆的眼神一沉，黄瑶知道是留给孙子孙女的了。后来刚走到水壶茶碗跟前，亲婆在身后五尺地，黄瑶也会后脑勺看见那眼神沉下来了，就缩住脚步。在房檐下过家家，黄瑶稍稍不让，也会看见屋里的眼神。在院子里跳猴皮筋，正热闹着，也会忽然看见不知哪里来的沉重的眼神，扭头往家跑，亲婆正把一捆菜扔到地上，黄瑶赶紧搬盆洗菜。做梦憋着尿，也会叫那双眼神惊醒，起来坐马桶去。

那眼神好沉好沉，好像两兜铁砂子，不透亮，又毛糙。

等到上了小学，和一个山里来的小男孩同桌，只要黄瑶凑过去说句话，小男孩会"嗖"地抓本书挡住半边脸。黄瑶要是伸手抓书，小男孩就赶紧往一边闪，跌在地上两回，挨老师说还是这样。

慢慢地熟了，黄瑶盘问道：

"你们山里人怕女孩子？"

"不怕。"

"那你怕我？我可怕？我脏？我臭？"

小男孩连连摇头，吞吞吐吐，还是忍不住说道：

"你这个名字是谁给起的？"

"爸爸。"

"怎么起这么个名字，啊呀！"

"这名字好。我爸爸说，瑶是玉，黄色的玉比黄金还好看呢！"

小男孩说出了一种动物，是黄瑶本来做梦也梦不着的，谁知当天晚上就在梦里出现了。第二天第三天又央告又细细盘问小男孩，这个山里来的男孩也鬼，越说越神。

山里有种东西叫黄猺（两个小孩都不理会"猺"跟"瑶"偏旁不一样，狼也怕，猿猴也怕，连老虎都怕这东西。这东西一叫起来，离得远点的，抹头就跑。离得近的吓傻了，四条腿就跟钉子似的钉在地上了。

黄猺有多大？大不过狸猫，小的才比松鼠长点儿，就算全身是力气也才这么点儿。可是那两个前爪跟锥子似的还带钩，这东西就有一手本事，一上来，先不先，抠眼珠子。

这东西没有单个儿的，一把两把（一把是六个，两把一打）成群地跑，一包围上来，防得了前头防不了后头，窜上一个抠掉眼珠子，瞎了，就都扑过来开膛了。

这东西跑得飞快，能钻缝，树缝地缝腿缝过来过去，穿梭似的。能上树，能跳能蹦，就是不能飞。这东西要会飞，老鹰的眼珠子也保不住，树林子全得瞎了。

黄瑶胆战心惊，问道：

"你认识，不，你见过黄猺吗？"

小男孩绕弯子说他们家有条黑狗，带它进山去，只要是人吃什么，也给它吃什么，人吃多少，它也吃多少。它就会没命地钻树林子，不怕累，不怕摔，不怕死。把野兔、野鸡、野猪给人轰出来。有天，在个山坳里，黑狗张大了嘴，舌头掉出来挂着不动，四条腿跟四条木头棍儿似的插到地里去了，打它踢它也不走了。我们心想，闹黄猺了吧？钻到林子里一看，唰啦啦，五六个，东奔西窜，眨眼间，不见了。

"你们不怕抠眼珠子？"黄瑶的声儿都哆嗦了。

"不怕，这东西偏偏怕人。"

"它怎么怕人？"

139

"抠眼珠子这一招是跟人学的。"

这句话把黄瑶吓得出不来声儿。过两天,才盘问道:

"怎么是跟人学的?真还有人教它?为什么教这一招呢?"

"我听我爷爷说的。"

"你爷爷怎么说的?说呀,爷爷怎么说?"

说得溜溜的小男孩,到这儿也"卡壳"了。光说:

"我爷爷说:人最坏。"

这些时候黄瑶还盘问:

"你亲眼看见过黄——那东西抠——抠眼珠子吗?"

"我看见过一只瞎眼猿猴,叫抠了,没死。还能上树,可是从这树蹦到那树,得咬着别的猿猴尾巴。"

"别的猿猴叫咬吗?"

"怕是它爸爸妈妈。"

"可怜。两个瞎眼窝?两个黑窟窿?"

"不,还有眼珠子在里头,不过没有亮光,像两砣铁……"

黄瑶再也不盘问了,手心里都冒冷汗。

这以后,站在亲婆眼前,会"嗖"地把两手背到背后,十个手指头交叉上,叉紧了,有时候还冒冷汗。可也没有发生过什么举动,平安无事。

黄瑶照常长大,照常结婚、工作和海外的父母通信。信是平安家信,身体健康啦,生活如常啦,工作愉快啦,变来变去说平安两个字。不过每封信都变得重复了,也写不满两张纸。不能通信的年月,也不特别想念。逢年过节,也给亲婆捎点礼物去。只是生就了一副冷面孔,眼皮爱下垂,觉得世界上最难看的是眼睛。这东西好好的也会一变,那变出来的眼色就不是色了。垂下眼皮,眼不见为净。

"浩劫"中间,不知不觉间,小时候的"特异功能"又回到身上。不用说身背后,就是隔着窗、隔着走廊、隔着袼褙似的大字报,都能看见盯过来、斜插过来、瞄准过来的眼睛,都黑沉沉,毛毛糙糙,没有亮光,好像两兜铁砂子。

有天夜里惊醒,看见一只瞎眼猿猴在树梗上爬,后边五六只小猴子一只咬着一只的尾巴,全是瞎的,眼窝里全是两兜铁砂子。这个景象叫人又心酸又害怕又"膈厌"。

那个山里小男孩也只说过一只瞎猴,没有说过一串瞎猴咬着尾巴。随着,在一串瞎猴藏身的树上树下,又添上窜来跳去认不真的黄猺。这些景象起先好像小时候看见过,后来变作是活现在眼前的事实。

黄瑶见着人,又仿佛站在亲婆跟前,把两手背在背后,十指交叉,叉紧——可是年月不同了,不行了,叉不紧了。这才改用纱巾,绞住手腕,绞成麻花……

矬壮小伙打完心理战,看见女红卫兵把条纱巾掖在领子里头(不兴散披在外边),他总忍不住抓过来,抓到手又好像烫着他，立刻扔掉。仿佛怪人，女的不爱理他了。

"浩劫"过去，黄瑶自由了，海外关系转过来吃香了。黄瑶也还是写写平安家信，把字写得芽豆般大，好摆满两张纸。

当然也不免风吹草动，报纸上、广播上、小道上出现"打击"啦，"整顿"啦，"清查"啦……其实有的是好事，有的要坏也坏不到哪里去。黄瑶都会唰啦一下掉下眼皮，冷面孔冻冰。

有天夜里，她男人看见她在被窝里，把条纱巾绞住手腕子睡觉。问问，说是不知道是梦不是梦，总看见一串瞎眼猿猴，还有一串串铁砂子眼神。生怕糊里糊涂里，把贴身睡着的男人，当作那踮起脚来和她贴身站着的矬壮小伙，做出黄猺的那一招来。

她男人也思想开放了，竟想到这种事情，是可以去找精神病医生的。因为这里边有些麻烦，好比说把自己的手腕绞上纱巾，明是把自己当作黄猺了吧。可是黄猺只在眼前窜来窜去，长什么样，多大个儿都没有看清楚过。常常出现在眼前的，倒是瞎眼猿猴，那铁砂子眼窝。一只咬着一只的尾巴。叫人又心酸又可怕又"膈厌"，没有一点解气、报仇的痛快。那铁砂子眼神又不单在猿猴那里，亲婆那里，矬壮小伙那里，大道小道上这个人那个人那里都会出现，黄瑶自己也有过，矬壮小伙踮起脚来看见的，就是这种眼神，难道说她自己又是猿猴又是黄猺？她从小就有瞎眼猿猴的害怕。又生怕自己的两只手做了黄猺！……像这些景象，书记一般解释不了。到了医生那里，一口诊断作癔症，看起来是有把握治疗的吧。

五 分

——十年十癔之五

吓死人了，立这么个碑。

谢谢你们，我在这里磕头了。现在咱们不兴磕头，倒是日本还有保留。我一想到感谢你们，眼前就出现日本女人跪在"榻榻米"上磕头的形象，觉得那才能够表达此刻的心情。我还看见那女人身材苗条，头发厚重，脸色苍白，那就更好了。那是我姐姐。

家属只剩下我一个单身女人，我代表列祖列宗，如若不绝后，还代表未来的单支独传的子孙，感谢我姐姐的老同学、老同事、老朋友们，好心好意一片大好形势，给我姐姐修坟，还

要立一个碑,刻上:

"一九五〇年错定为地主家庭。一九五七年错划为右派。一九六〇年错捕入狱。一九六八年错判无期。一九七〇年错杀身亡。"

乖乖,这可是一块五错碑。立在那里,叫人一看——惨!我不同意。

你们说我是惊弓之鸟,害怕又惹出事儿来!

你们以为我想着这样的碑,立不长远。你们会说要是形势再变,不是我姐姐一块碑的问题,全完!

你们也可能笑我死脑筋,怕影响不好。怕别有用心的人钻空子。怕后代不理解。

你们十九还得说我脆弱。有几位的眼光里,还流露出来疑心我落下了精神病。

告诉你们,我是怕。不过你们说的那些事情,我想怕,偏偏怕不起来。怕着一点好,省得又麻烦。可是"曾经沧海难为水"呀!

我心里恨着:怎么不是四错,也不是六错,冤家路窄来个五错。你们不知道我唯独见不得五字,先前也不这样,后来,忽然,要是冷不丁碰着撞着个五,我立刻血管紧张,胃痉挛,心慌,头晕……生理反应。要是说这也叫怕,行了。好比吃了肉恶心叫作怕肉。我生理上怕这个五字。

我建议:碑的正面,光是名字。连"之墓"都不要,你们若觉得太"秃",就要一个"墓"。"之"字坚决不行,我讨厌这个字,一写连笔还和"五"字差不多了呢,这东西!

背面,刻一首她的诗。这个想法怎么样?别致不别致?这是我梦里想出来,笑了醒来的!我姐姐生来是个诗人,临上法场还有绝命诗。她有一首诗叫作《蘸血的幽灵》……

我姐姐五岁时候,就跟我妈妈背"床前明月光,疑是地上霜"。一个小学生,就哼哼"魂来枫林青,魂去关塞黑……落月满屋梁,犹疑照颜色"。上初中迷上《红楼梦》,把"寒塘渡野鹤,冷月葬诗魂"写在日记本上。凄凄惨惨咽起旧诗来了,中学老师只会新诗,拿她这一套没法办。到了大学,正经开课讲唐诗宋词,她倒写新诗了,倒风风火火了,大学老师又没法理她。她写了首《不要跑道上的白线》,反右运动中,正好上"线"。她老是不合时宜。生命不在长短,合时就好,君不见时装裤子?

进了监狱,旧诗新诗都写。她心里苦瓜炒辣椒,一半儿凄苦一半儿火辣。凄苦归旧诗,火辣交给新诗。那是六十年代初,"浩劫"还没有到来,礼拜五……

我又撞上个"五"了!见"五"就长毛。这个"五"是个会见的日子,按说该当一个好"五"。为这个日子,妈妈做吃的,一边想着要说的话,回回把吃的做煳了,我来重做。妈妈去睡觉,想着要说的话,觉也睡不着,心脏病犯了,还得我拎着吃的去,回回又把妈妈的话忘了大半……

现在我只记得铁门、铁窗、铁栅栏。我瞪着眼往里看,黑乎乎的屋子,往里看,黑幽幽的廊道,往里看往里看,飘飘忽忽的一个白身子,穿着白衬衣,长长的,没有腰带,飘着长长的白袖子,撕开了,飘着。长长的黑头发,飘着……白衬衣胸前,一个红红的大字:"冤"。那是用血写的,那是血书,那是我姐姐,她有一首诗:《蘸血的幽灵》。那血是鲜红的,那是刚咬破指头蘸着写出来的,那是我姐姐,那是示威,那是蓄谋,那是明知道会见的时候要穿过监狱廊道,那是经过阻拦,经过扭打,撕开了袖子,还是飘飘忽忽从黑幽幽里飘出来了……那是我姐姐!她那首诗里说,人们看得到流血,看不到内心流泪。血朝外流比泪朝里流好受……妈妈说:姐姐疯了。

六十年代初期,有过一个叫"小阳春"的时候。我妈妈乘机想尽办法,证明了我姐姐精神失常,得到保外就医的准许。

我背上一包衣服,跟妈妈去"领"姐姐出来。在一个小小办公室里，填了表格签了字，警官一笑，拉起姐姐的手，交到妈妈的手里。警察拉开通外面的门，做个手势……谁也想不到，这时候，姐姐一声大叫，甩掉妈妈的手，往里面跑，大叫不出去不出去。警察拦她，警官拉她，姐姐跌倒地上，抱住办公桌的桌腿不放。妈妈骂她打她，我帮着妈妈拽胳臂，警察过来掰手指头，办公桌摇晃，案宗水笔掉到地上，全屋子大乱……我姐姐叫喊的是：

"我不出去……我出去了还要回来的……我不出去，他们放不过我的……我冤枉，里面铐子冤枉，外面帽子也冤枉……"

警官和警察起初都是带着笑容，使着眼色。意思是"保外就医"就"那么回事"，反正妈妈打通了关节，他们也顺水推舟。这一来，全都严肃起来，有的背后指指太阳穴，表示真的精神失常了。

差不多是把我姐姐死死抱着，才弄回家里来。到家，她一倒床就呼呼睡着了。是累了吗？

我问妈妈请不请医生。妈妈说："我可知道你姐姐的脾气！从来就疯，从来不管做妈妈的心！"说着哭了起来。在监狱里和一路上，妈妈只是又打又骂，只我一个人流眼泪，全家只我没有脾气。

我姐姐有一首诗，叫作《家的祭》。把这一首刻在墓碑背面，怎样？你们考虑——你们马上考虑到，题目就不"正常"……哈哈。

我姐姐一"保外"，根本没有"就医"。妈妈自己倒老找医生，因为老犯心绞痛。

姐姐烫头发，画眉毛，抹口红，穿大花衣裳……妈妈给她钱，不说一句话。本来姐姐身上只是灰、蓝、白，我辫子上挂两个樱桃球儿，她也骂俗气，只许扎猴皮筋儿。

姐姐喝酒，抽烟，交男朋友，还在街上亲脸蛋儿。妈妈说，让她疯一疯吧。

她是挺高兴的，有回问我：

"你知道苏秦背剑吗？"

我点点头。

"傻瓜，我说的是监狱里的苏秦背剑。"

说着，把左手背到背后，上抻，把右手背到后脖子那里，下抻，说"铐上。"

我一愣。我相信姐姐不是撒谎，我希望是姐姐的眼见，可不是身受。那样铐的是杀人、放火、流氓、强盗，我姐姐只是思想错误……

"傻瓜，照样可以吃饭喝水……"

姐姐笑着做给我看，可我的眼睛盯在地面上，我眼皮抬不起来，我心里酸，我神经疼。可我不该忍不住问了一声：

"吃喝拉撒，那拉呢？撒呢？"

"小傻瓜，看把你紧张的！你不会不穿裤子，不就什么事也没有啦。"

姐姐大笑。她吸足了气，做了准备，然后放出豪放的笑声来。那时候我还是个小姑娘，不是小傻瓜，这一个"不穿裤子"，可把我吓傻了。再加上这样的先做准备的豪放大笑，好像刀砍在我脑子里。

还有一回。姐姐忽然问我：

"'一人飞升，仙及鸡犬。'你懂吗？哪里的典故？"

我一想，中学课本上有，就说是列仙传中淮南王刘安的故事。

"你还不错哩，有的文科大学生都不知道。"

姐姐喝多了酒，回家来乱脱衣服乱扔，都是我给整理。有回，我在衣兜里摸到一本油印小册子。一看，有诗有文。有一首寓言诗用的鸡犬飞升故事，这当然是姐姐写的。这是五言古……

又是一个"五"字，藏在拐角上等着我。我读那首诗的时候，还不怕"五"，马上背下来了。它要是七言，现在我一定还可以一字不错地背出来。可是这个"五"把什么也搅乱了,开头一句不知给搅到哪儿去了。

姐姐发现我看见了小册子,抬手扬起巴掌,不过没有扇过来,咬牙骂道:

"你找死了,小傻瓜。"回头又一笑,说:"没事,我用神仙写无神论,没有造物主,没有救世主,也没有神话,也没有人的神化,变化的化。"

我不作声,姐姐转过脸来,又凶神恶煞一样,说:"你要是想让妈妈犯心脏病,心肌梗塞死掉,你就告诉妈妈。"

我在姐姐眼里是个小傻瓜。我在妈妈心里,最好地道是个傻瓜。姐姐才五岁,妈妈就教她背诗。我呢,无论是诗是文,妈妈从来不教一句。我上学,那是到年龄"随大流",妈妈连作业也懒得瞧。妈妈怎么啦?她看着姐姐的眼神,有时候阴阴沉沉,滴得下水来。有时候高高兴兴,开得出花来。可是不论什么时候,回过脸来就说我:

"不许你学姐姐,不许不许,有一个就够了,够了。"

随着"浩劫"的到来,妈妈清楚,我也明白,监狱会把姐姐收回去的。果然,不错。

幸好是街道上刚把妈妈剃了阴阳头,这叫作"三分像人七分像鬼"。不用说走到街上,就是在院子里,小孩子都可以对着吐唾沫,扔垃圾,骂脏话。妈妈和泥菩萨一样,自己的生死，别人的死生，都不相干了。

警车在院子门口。警察在院子里，妈妈瘫在屋里椅子上，只有我在姐姐身后，不知道该送送不该。满院子门里窗里，全是瞪着的大眼小眼。姐姐忽然吹起口哨，我忽然笑了。我当然记得不是哭，那是笑。

这回没有定规的会见日子，里里外外乱糟糟，也没有谁去计算年节日期。

有天我得到通知。走进铁门、铁窗、铁栅栏，人家告诉我，我姐姐宣判了：无期。我走进铁板似的屋子，门边窗边桌边，站着坐着铁青色的脸子。我姐姐坐在屋子中间，铁镣铁铐。我在姐姐对面坐下，我姐姐说话了，她的声音没有变。她吐出来的每一个字我都听得见，但我不知道说的是什么。也许是"你好吗""吃了吗""坐下吧""小傻瓜"……

我看见姐姐吸气，做准备，以后大笑出来。她比先前虚弱，苍白，气短，若不好好准备，只怕笑不成声。她大笑，狂笑，强调出来的笑，笑声里，我听出话来了：

"你看姐姐多神气，这么多人陪着。出来进去，前呼后拥。你可别小看了他们，这里有科长，有看守长，这长那长，让你看看姐姐的威风吧……喝水！"

一个铁青的"长"端了杯水过来。

"不渴！"

一声不响，捧着水走开。

我看着姐姐大笑，往后仰，张着嘴，我看见两个下巴，两张嘴，我眼里的姐姐是双的，双双重叠的。

我听见姐姐朗诵道：

"献给法官的五朵玫瑰"。

这首诗响亮极了，刻到碑上都会当当地响。可为什么不是四朵，也不是六朵，偏偏是五朵玫瑰，还偏偏只有五句……我的脑子乱了，当时我当场记住背下来，当时我还不怕"五"，现在我乱了，好像街上忽然出了事故，和我一起的姑娘们忽然挤散了，一眨眼全找不见了……

街上打死人。黑帮斗死了叫叛徒，斗黑帮的两边对打死了，叫烈士。妈妈说幸亏姐姐住在铁门里，保住了一条命。

冬天，那年雪大，不化。雪地上的血点子好像冻干了的红梅，不走色，尸首也不臭。

邮递员送来一封信，和水电单、萝卜白菜勒令、煤球卡一起扔在窗户台上。信里说我姐姐业已"正法"，通知家属去交五分钱子弹费。

过两天，傍晚，我在街上瞎走。叫不出名儿的马路边上，踢着雪地上一个倒着的老太太，一看，是我妈妈。冻僵了的拳头攥着，杵在胸口上，她还是犯心肌梗塞了。我叫两声,还睁开眼来,还认出我来,还说:"找不着交五分钱的地方,要找、要交,我们从不欠账!

我双手握住妈妈冻僵了的拳头,拳头松开,手心里有一个五分的"钢镚"。

我见不得"五"了,碰着撞着不论什么,只要是五,我就血管紧张,胃痉挛,心慌,头晕,眼花……那都是生理反应,心理没事。

碑上刻一首诗,这想法小桥流水一样别致。清风明月一样别致。只是刻哪一首好呢?我姐姐临上法场,还有诗,叫作《历史将宣告我无罪》。这一首好,题目八个字。八句。巴巴实实。

春　节
——十年十瘾之六

来拜年的客人是老两口带着小两口，主人就老两口。主客两个老头是老同学，照老说法，同学又叫作同窗。两个老头都中等身材，都不显老，只是客人老头还在"二线"上站好最后一班岗，主人老头早两年就退居家中发余热。主人偏胖，客人偏瘦，一同说"恭喜恭喜"。小两口说的是"拜年拜年"，当然没有真拜，连抱拳拱手也不兴了。客人女婿是头回见面，主人老头不免找话应酬——其实女婿早已有数。

"我和你爸爸小时候同过学窗，到老来又同一回窗，这回是铁窗。"

大家都知道铁窗本是监狱，主人借用来说"浩劫"中的"牛棚"。主人说罢大笑，大家也只当头回听见，跟着笑。

只有女主人稍稍笑笑，就说："又来了，又来了，大年下的……"也没有往下说，忙着拿茶杯，摆瓜子碟子，开糖果盒子去了。

刚一坐定，偏胖主人指着客人女儿说：

"你没有送过牢饭吧？我的女儿送过，送的是烟。哦，你那时候还小，现在都结婚了。可不是吗，打结束算，也十年了。打开始算起那都二十年了……可是我觉着还像昨天似的……"

客人老伴儿自以为机灵，抓住这番感慨中，一个最不重要的烟字，说："还抽烟哪！花钱找——咳嗽……"本来要说癌症，因是大年下，改了口。这一改，她的借烟打岔也磕绊住了。

偏瘦老头明知主人已不抽烟，为了抓住这个烟字岔下去，说："过年嘛，抽一支抽一支……"

客人女婿掏出三五牌，照年轻人的"帅"劲儿，甩出烟头，还没递，主人摇手道：

"这得感谢'牛棚'，我见我女儿送烟挨'呲'，扭过脸来就走了，烟也捐献给'军宣队'了，我不抽了。"

说完又哈哈笑起来，客人也只好跟着笑。没等客人笑完，偏胖老头对着小两口说：

"你们年轻，没见过那阵势……"

小两口说:"见是见过的,也上小学了……"

"小学也刚上吧,你一年级?你二年级?那还不懂事。那个阵势,一开批斗会,就跟上法场一样。我们这些黑帮都在会场旁边小屋子里跪着,挨个儿跪水泥地上,挂着牌子,膝盖并拢,不许叉开,大腿挺直,不许屁股后坐。主席台上一声喊!'带走资派×××'。会场上随声吼叫:'带走资派——。'那声音,都撞墙,震房顶。两个造反派走进屋子,从地上'提溜'起一个,造反派一边一个站在身后,一边一个巴掌拍在左右肩膀上,一边一只手攥住左右手腕子,这叫'揪'。一跨进会场,前后不知几条嗓子领头一喊,全场一片的'打倒',这时候,耳朵震聋了,天崩地坍也听不出声响来了。……上了主席台,站到台口,拍在肩膀上的巴掌往前一按,攥住手腕的手往上提,这叫'喷气式'。戏台上唱戏也没有这么周全,就跟马上砍头一样。我那时候挂的牌子是'反动权威',票房价值比'走资派'次一等,陪斗的时候多,经常是台边上陪着。没事儿,我光听着就是了。听来听去也就几句车轱辘话。有回,忽然听见背后揪着我的两个造反派,他们小声聊起来,一个说,揪人闪了膀子,疼了两天了。一个说手腕子也不得劲儿。我就扭过脸去,也小声,告诉他们一个偏方……"

客人女儿觉得这里应当来个惊叹号,慎重叫了声:"啊!"

主人老头自己早就笑起来:"一个偏方……"再笑:"……后来为这个还斗我态度不老实,我说是支持革命……"大笑:"……真有个偏方。他们说是不灵,罪上加罪。我说要灵呢,立一功不……"笑出眼泪水:"……我是有偏方,它治跌打损伤。我扭过脸去,我告诉他们偏方,偏方……"

客人女儿和女婿一个说"风度",一个说"幽默",一个说"临危不惧",一个说"方寸不乱",都小声。客人老头和老伴又都不作声。

忽然,笑声刹住,急刹车那样一刹把人一蹦,偏胖老头从沙发里蹦起来,一手捂在小肚子上,嘴里含含糊糊说着对不起对不起,转身走出屋子,拉开厕所门,进了厕所。

女主人拎着开水壶,从厨房走到屋里,望着老两口,一个苦笑。

客人女儿接过水壶,客人老伴儿拉着女主人坐下。女主人说道:

"老了跟个小孩儿一样。"

客人女儿给大家沏着水,好像不明白,说:

"挺好的吗,我们听着挺带劲儿,怎么跟小孩儿一样啦!"

女主人解释说:"不能跟你爸爸比,他这两年更精神了。我们这老头可是返老还童……"

客人老头说:"别老耽在家里,出来活动活动。"

"有这路病，怎么出来？"

客人女儿啊了一声，"什么病？看不出来。"

"你爸爸知道，他们同过'牛棚'，就在'牛棚'里做下的病。"

"爸爸。"女儿只好叫声爸爸。算作提问。

"没事。"客人老头一语封门。

"瞒着年轻人干什么？让他们知道知道，也好指望他们照顾呀。孩子们，你们伯伯胆子小，从小钻在资料啊图纸里头，没有见过什么阵势。又揪又斗的，他可真是俗话说的，吓出屎来了。直到现在稍稍一惊一乍，就得赶快上厕所，迟一步也来不及。"

"那就别提以前的事儿了，都过了十年二十年了。"

"不是返老还童了吗？刚才他不是说，十年二十年像是昨天。你们小两口没听出来？你们爸爸妈妈不是紧着给岔开来着！岔不开，张嘴就来，不让他说还不痛快……"

客人女儿指指厕所："阿姨，小点声。"

"不碍。"女主人照旧大声说："他憋着也难受，那就好好儿说说呗，不，还要吹牛。什么告诉人家偏方，没有的事，不可能有这份儿幽默，裤裆里夹着屎呢……"

客人女婿是生客，可又忍不住，还是压下嗓子说："那就让他吹吹好了，老人嘛，受了那么多罪……"

159

客人老头叹口气:"你们不大能够理解了。"想想,解释道:"吹着倒是痛快点儿,可是吹着吹着,会不知道哪句话上碰着哪根筋,当年的难受劲儿唰地、闪电似的、鬼似的钻到心里,揪心……"

客人老伴也叹气:"我们老头有体会。"

"我还好。他那里,一揪心,坏了,水火不容情,立马得上厕所。"

厕所门响,小两口都压着嗓子说:"别说了,别,别……"

女主人还是照常大嗓说道:"一点儿也不体谅我……"

小两口这下真不明白了。可是偏胖的主人已经走进屋子,一个笑容好像冷天冻在脸上,说:

"是有个小偏方,不是吹,不论崴了筋伤了肌肉还是韧带撕裂……"

偏瘦客人岔开说道:"今年春节你们这儿鞭炮怎么样?"

小两口一个赶紧说:"我们那里放得世界大战,"急不择言,"窗玻璃都哆嗦。"

一个插上来说:"楼下阳台都着火了,还好没着起来。"

偏胖主人笑道:"有回,那也是春节边儿上,夜里审我……"

客人老伴儿才说了半句:"过去的事儿了……"

"是啊,还跟昨天的事儿似的……"主人兴致勃勃。

女主人差不多是要求:"别说了,别说了。"

"不是说鞭炮嘛！春节呀，哪能不说鞭炮。他们审我，非要我承认加入了特务组织，上学的时候，咱俩同学的时候……"

"没那事。我知道，大家全谅解，还提它干什么。"

"他们小年轻的可不知道，夜审哪，轮番审哪，审到后半夜了，一个把桌子一拍：'再不老实，毙了你！'嘿，好，'准备！'身后咔嗒一声，那是拉枪栓哪。'听着数数，由一数到十，可以数得慢点儿，给你最后的机会，不过时间是有限度的。听着：一、二、三……'才到三那儿，身后'嘭'的一声，眼面前的桌子蹦起来了，地也裂开了。我是冷不防呀，栽在地上，顺着地板看见，身后边翻倒一个口杯，一个炸了的小炮仗冒着烟儿。他们拿口杯扣着放了个炮仗。随着拿杯水来，往我脸上一泼。我没晕，可我装晕装得够像的。他们当我什么也没看见，还说走火了，再来过，还给你机会，由一数起……"

女主人由要求变作恳求："别说了，别作孽了，别说了，别只顾自己…"

客人女儿从书架上倏地抽出来一本相册，做出惊喜的声音：

"那么多的照片哪，多好看哪，爸爸，过来看看。"

偏胖主人说："那上头有你爸爸，还有两个老同学，愣说是特务，愣把我们拉在一块儿……"

女主人"嗵"地站起来，往外走，又甩了那句小两口不明白的话!

"一点也不体谅我!"

偏胖主人笑了起来,说:

"我心想,口杯炮仗当枪子儿,这不是蒙我吗?你蒙我,我不会也蒙你,咱们,干脆,蒙着玩儿,看谁蒙得过谁,看谁笑到最后……"

说着大笑,笑容冻在脸上,撕皮捋肉地笑出来。偏瘦客人跟女儿说:"不看相册。"

女儿顿时觉得相册也烫手,又倏地塞回书架去。

"他们问我承认不承认,不就填个表吗?我说,填了……"笑:"发展了组织没有?发展了。几个?五个。都有谁?头一个我说了我们老校长……"笑:"哪有学生发展校长当特务的?再呢,我说那话的时候,老校长也过世了。还有谁?我说我们教导主任。那是老国民党,老牌中统。他们说,你总算提到这老家伙了,好啊,有进步呀,是他发展的你吧?我说不,我发展的他。往下说,还有三个呢?我想,蒙就蒙个差不离,得说说同学了。我头一个说的是你爸爸,你爸爸是个老共产党呀,他能沾特务吗……"大笑。

客人老伴本来自以为机灵,这时觉着非岔开不可,可是眼看满屋子东西,竟不知道哪样可能不沾边儿,灵机一动,端起瓜子盘子,高声叫着:"嗑瓜子嗑瓜子。"抓一把递给主人。

主人竟指着瓜子说：

"就跟嗑瓜子一样，我回答得嘎、嘣、脆，外带溜索……"大笑："蒙得他们几双手唰唰唰，赶紧记呀，生怕落下一个字，他们心想可捡了个大元宝了……"笑出了眼泪水。

客人女婿本来没奈何坐着，没奈何听着。这时动了下心，问岳父：

"爸爸，第四个是不是我家大伯？"

这位岳父好像没听见，跟老伴儿说：

"咱们活动活动吧，还得走一家呀，那儿有老人，去晚了不礼貌……"

女婿却又逗上心劲儿来了，一下子咽不下去，转身跟他的那口子说：

"我大伯老实，不爱说话，大婶说他跟哑巴似的。这下哑巴吃黄连，上吊连根绳子没有——'牛棚'里把裤腰带都收了，他是拿丝袜子连起来，后半夜，谁都犯困……"

偏胖主人从沙发上蹦了起来，一手捂在小肚子上，嘴里连声道着对不起对不起，可是迈不开步。

晚了。

客人们的鼻子都知道是怎么回事了，可是脸上都还像是什么事情也没有。小两口把眼睛盯到地上。老两口老练，连眼皮也不眨，直瞪前方。

女主人急忙进来，把偏胖老头一把拽了走。这时，窗外一个"二踢脚"上了半空，跟着有花炮呲呲，鸟炮啾啾，还有小孩子的欢叫。老两口和小两口都走到窗前，望着窗外。住的是高楼，看不见炮在哪里放。可是两代人都专心一意看着窗外，希望由半空中走进节日的热闹里去。

厕所里有声音，不想去听它，可又偏偏清清楚楚灌到耳朵里来。

"脱下来，快脱，不要擦着腿。"

"没有，腿上没有。"

"做的什么孽呀……"

"我自己洗，我洗……"

"自己洗，你自己洗……"

"我是返老还童。"

"说你返老还童，是给你面子。"

"我不说不痛快。"

"你倒痛快了，别人呢？"

"我有病，有病。"

"你有病，我有病没有？"

"我管不住自己。"

"你是返老还重吗？三岁孩子也知道体贴人，我不怨别的，只怨你有一点儿体贴我的心吗？你摸摸我的手，那手，这手脏,你摸呀。"

"凉。"

"冰凉,你明知道我也做下了病在身上,最听不得'牛棚',一提'牛棚',我手脚冰凉。"

梦　鞋

——十年十瘾之七

"我一生只做一个梦。做来做去，老只是梦见鞋：鞋丢了，鞋扔了，鞋忘了，鞋坏了，鞋叫人抢了，还有鞋变了——那就稀奇古怪了。我在梦里老是找鞋，抢鞋，抢住、挟住、护住鞋，为鞋拼死打架……有时候惊醒，一身冷汗。若是千辛万苦把鞋穿上，那就浑身松软，酥酥痒痒地睡沉了。"

诸位，这叫什么话?痴话?怪话?孩子话?说这话的人不该身高一米八九，大手大脚，也不该一大把年纪。更用不着脸容严肃，态度认真，影子都不带邪的正派，滴得下水的诚恳……各种优秀品德摆齐了在那里!不过以梦论梦，总还要添佐料好比是幽默才好。这好比吃炝虾，必须要有点醋。若没有醋，就算炝不成。

故事还要说下去，看起来这位一生只做鞋梦的，合着五个大字"正经、老、大、汉"。指望他谈笑风生肯定不可能，那就大家伙儿多操一份心，帮着添点小趣味，蘸点小幽默——啊，你摇头了，白搭？少废话，先看鞋。

正经老大汉脚上，穿着一双黑色大盖松紧口的布鞋。有人竟敢叫懒鞋，脚一进去抻抻、拱拱就穿好了，全不费事。"浩劫"开始的年头，男红卫兵非这不穿，非这，难免和封资修沾边。其实红卫兵没有研究过鞋史，鞋史学家又说不得话，因为"史"和"屎"同音，当时画了等号。后来，到了冬天，估计是从女红卫兵开始，穿上翻皮高腰大兵式皮鞋。最好不是仿造，若是直接从大兵脚上脱下来，那女红卫兵的眼睛就滴溜溜转了。

请你不要小看了鞋，请你想想指着鞋有过多少俗话、笑话、成语、典故……还有心理分析，时代意识，审美观念……听着，正经老大汉说话了："我小时候家里穷，穿不上鞋，大冬天都光脚丫子。站在那里晒太阳，都是一只光脚落地，另一只光脚踩在落地的光脚背上，这样，两只脚都暖和一点。过一会儿，倒一倒脚，另一只落地，这一只踩上去，再过一会儿，这一只落地，另一只……好，好，简单点说。

"十来岁的时候,爹妈想着大半辈子吃的亏海了。总结经验,认定不识字、睁眼瞎、一抹黑是个大缘故。盘算着咬咬牙、勒勒腰带、硬硬头皮,好歹让我上学去。我们村里有个私塾,也不过一明一暗一里一外一个套间。老师住在里间,外间是教室,顶多十来个孩子圈在那里。可是不能小看,上方供着夫子圣人,跟孔庙似的,比土地庙神气多了。拿土地爷寻点开心是常事儿,谁也不敢和孔圣人嬉皮笑脸。规矩挺多,其中一条就把土地庙比下去:不许光脚丫子进学堂。

"我有个老舅,货郎出身,混成了个跑买卖的,也望着开店、有着有落、坐地分肥、当上掌柜。一力撺掇我上学,日后好给他写账、扒拉算盘,进出流水,这在我爹娘心坎里,也是一片锦绣前程。老舅给我捎来一双鞋,别说小孩家家我了,爹娘都仿佛没见过,捧在手里眼也花了,眼泪水也'漾'出来了。那是一双大盖松紧黑布鞋!和现在脚上穿的差不多,可能扣眼儿靠前点儿、鞋脸短点儿、鞋头方点儿。这路鞋四五十年没大改样,是经得起考验的。不过早先没有塑料皮底,都是毛边、裕褶、千针麻线。

"这路鞋也没有时髦过,仿佛生来就是老古板样儿。红卫兵那阵非它不穿,满街凡大模大样的、走路中间的、把人打翻在地还踩上一只脚的,都是这路鞋!这威武可是鞋史上史无前例的事。谁刚才说鞋史来着,真得写上一笔。对,写上男红卫兵。那女红卫兵脚头更硬,她们兴高腰翻皮鞋。

"不过半个世纪以前,农村穷地方,光脚丫孩子手里捧上这么双鞋,见都没见过,哪还古板?觉着洋还洋不过来呢。那松紧带,洋货。有扣眼儿又不管扣,洋花活儿。我洗洗脚,搓掉脚泥。怎么搓呀,我娘烧水让我烫脚,烫红了脚皮,使砖头磕搓一遍,使炉灰渣搓一遍,晾干、掸净、横下一条心,把脚往鞋里一杵,抻抻、拱拱、扭扭……不知打哪儿起,只知浑身酥酥痒痒——一点也不错,我一辈子都记得,是浑身酥酥痒痒。下细分析起来的话,血管先涨后酥酥,神经先热后痒痒。"

正经老大汉说到这里,脸面拉长绷紧,可是皮色透红,眼色带涩。听他说话的人里边,有两个本来已经张开笑口,也在两腮僵化。不由得纳闷起来:这脸色是什么成色?

"我家离学堂才二里地,可是要穿过杂木林子、乱葬岗子、坑坑洼洼不坑不洼还得说是洼子。别说刮风下雨,就是好天儿,我也是光脚丫走路,把鞋挟在胳肢窝里,到了学堂门口,拿块布擦擦脚,穿上。放学一出学堂门儿,马上脱下。上学的孩子还能不淘气,少不了逗我、哄我、吓唬我、捉弄我、推我、搡我、故意找我打架,我只要一张胳臂,鞋就掉地上了。他们抢在手里扔过来扔过去,忽然没了,藏起来了。我个儿大,可是总觉着本身是穷孩子,比人矮一头,凡事忍着点儿。可是只要一不见了鞋,我就按不住性子。我的性子是牛性子,不发作的时候骑着转圈都行,发作起来就犟头犟脑直往前拱。孩子们好比斗牛,不斗到拼命不开心。鞋就成了斗牛的红布,他们拿我斗牛玩儿。我常常为这双鞋鼻青脸肿,头破血流。"

正经老大汉是个说实话的主,说到童年的处境,实打实动人。说到自己的性格,除了实,还分析中肯。听说话的人里边,都有了一两声吸溜。不过一说到发作起来犟头犟脑,他低低脑袋,抻抻脖子,脑袋上只差两个犄角,可也脑门蹦筋,眼白充血,那黑眼珠子呢,竟牛那样蛮,狠,昏暗无光。听者心惊,吸溜声断。

"后来,日本打到我们村,跟着八路也到村里来了,我参了军。大家吃什么我也吃什么,要饿着都饿着,反正不用自己操心。鞋,穿的是公家发的,也是发什么穿什么。行军打仗,倒头就睡,顾不上做梦。零零碎碎做点,也还是鞋,也还是丢鞋找鞋那一套。有公家给鞋呀!同志们阶级友爱不抢鞋呀,莫名其妙。

"后来进了城,不但穿鞋不是问题,还有车好坐了。反右那年,要右派名单,要百分比。有个书记找我的毛病,我急了,我说要上,咱们两个一块儿上名单,我的牛脾气发作了,犟着非要名单上书记第一名,我第二。凭据?把眼一黑我也有。

"犟是犟，黑乎乎钻在被窝里也睡不好，刚迷糊着了就梦着鞋，鞋丢了、鞋没了、鞋叫人抢了。有回淘气的孩子们一声喊，鬼似的一'阴'没有人了。鞋呢，我遍地地找，地上光溜溜。忽然看见一个坟头，下边有个黑窟窿，我趴到地上，往里看，黑乎乎里又有点暗红暗红的，心想那是我的鞋吧，伸手进去，进不去，抻抻扭扭的，进去了，摸着鞋了，往外退，谁知那鞋变了，翻过来攥住我的手腕子。我惊问：'谁？'那里边回道：'不认得我了？'我说：'看不见哪？'里边笑一声：'我是你媳妇。'我吓得跑、跑、跑……"

说到跑这里，跑，跑，跑什么？正经老大汉使劲咽住。听众或紧张或惊异或不禁怜惜，都没有心思追问怎么跑和跑什么。

不过正经老大汉这时坐在沙发里，稍稍偏着点身体，他素常不偏。微微偏着点脸面，他也有偏的时候！嘴唇露缝，竟有一个笑影在嘴皮子上出现，在嘴角里消失。这个笑不那么实打实，透着点狡性。它从生疏的地方来，出现在生疏的地方，它怯生生。

听众里有一位知觉到这样的笑影曾经见过，留有印象，还有过背后的议论。推推旁边坐着的一位，那一位也知觉了，两位对望一眼，小声说道："火车站。"

远在战争年代，正经老大汉的爹娘和操持上学一样，给包办了一宗婚姻。婚后三天?五天?小一个月?总是不多时间离开了家，随着战争变化，越走越远，竟没有回去过。战争结束进了城，他没有接媳妇来同享太平。那一阵农村进城的老干部，爱换老婆，有人也等着吃他的喜糖，全无动静。议论道：俗话说脚正不怕鞋歪，指的就是这一位，他能把歪鞋愣给穿正了。

后来搞运动，连着几个运动下来，发现正经老大汉怎么前言不搭后语了呢?组织上暗笑，做主通知他老家的媳妇进城来。到日子还得他上火车站接人，义不容辞。不过也有困难。相处不多天，离别二十年，火车站上人来人往，保不准相逢不相识，亲人似路人。还是组织上派两个青年前往协助，这两个青年跟他要张相片做做参考，哪来的相片?嘴上无毛，好不晓事。

火车到站，万头攒动，眨眼间，又如潮水退去。站台上只剩下三三两两不多几个人，其中有一个农村大娘——两个青年本想该叫大嫂为是，可是实在得叫大娘。手里挽着个包袱，包袱皮里一双布鞋露出半截：黑布、大盖、松紧、毛边。脚边放着个提包，茫然直视出口，视线无处着落。这时，正经老大汉走过去，说：

"是××县××村来的?"

她点头。

他回头往外走。

她拎上提包随后，距离五六步。人多处走得慢，人少处走得快，但五六步的距离不变。

他在前边稍稍偏着点身体，是偏。微微偏着点头，确有偏时，嘴唇上有个怯生生的笑影，也不那么实打实，透着点狡性。

不过她是看不见的，离着五六步呢。不过她是感觉得到的，在喧闹的车站里，她已经不茫然。她已经木木地跟着走，木木地走，跟着走。

她也有那么两下，盯一眼前边的他，一闪老花的灵光。仿佛说：

"好我的人也！"

他和她过起日子来。要说是老两口，他们没有过小两口的时候。要说是小两口，他从来就是老大汉，她比他还大几岁。他们住在四合套院里，因是老干部，占两间北房。他早出晚归，她哪里也不去，在院子里洗衣裳洗菜，帮邻居看孩子，扫地打扫公共厕所都积极，答应前院后院候着送煤饼的来，招呼着倒垃圾的去，都爽快，成了积极分子了。礼拜天他在家，关上门，她也不出屋，揉面包饺子。遇上来人找他，在院子里问在不在家，邻居就说你听听，那人听了听回头往外走,说:"没声。"邻居就会告诉人家:"没声才是在家。"

过了几年没声的日子,"浩劫"到来。有天黄昏,他影子似的"阴"进院子,头包衬衣袖子、渗血。撕掉袖子的衬衣后背,墨笔三个大字:"走资派"。红笔打"×"如"监斩牌"。她端了水来,还没有洗脸,声音嘈杂,脚步混乱,抄家的来了,打柜子翻箱子,随手往院子里扔。

勒令他双膝落地,直挺挺跪在院子中间。

抄家的走了,院子里家属造反,他继续直挺挺跪着,老大汉跪着也有造反的小女子高,怨不得人家加倍使气,把唾沫朝着大目标啐。

半夜,大家都累了,一哄而散。他站起来两脚麻木,踩棉花似的进了屋,外屋没人,里屋没声,在里外屋中间门框上,一根腰带挂着他的她。

这些事情都不用细说,大部分人心里有数,能够点到为止。个别的年轻,"浩劫"时候还不懂事,不免发生许多怀疑,到处打问号,这怎么可能呢?这怎么受得了呢?怎么这么窝囊呢?怎么这么稀奇古怪呢?但看看老大汉面容正经,气氛沉重,只好相信父辈兄辈的亲身经历,顶多嘀咕两句:"要我才不干呢!没有那么容易。"又把父兄的窝囊一把推给"代沟",自己落个轻松。老大汉还正经往下说呢,活该!

"我把她放到床上,天也快亮了,我也累瘫了,在她身边躺下。刚一合眼,就睡着了,刚一睡着,就是梦,梦见的还是鞋。鞋叫人扔来扔去,是些什么人?这回鬼鬼怪怪,可也看不清。后来鞋给扔到黑黢黢里,我一头撞过去,身子先飘起来,随着往下落,原来这黑黢黢是个无底洞似的。鞋在前,我在后,飘飘、落落、落落、飘飘,心里也落也飘,我抓不到鞋,可我死盯着鞋,忽然,眼前有了亮光,我心里扑扑乱跳,随着收紧、收紧,仿佛拧上、绞上、拧紧、绞紧,紧得出不了气儿、出不了气儿,我挣扎、挣扎、睁开了眼,阳光照到我脸上了,睡了个大觉了,晚了,误了,早上挂牌、站队、认罪、展览是有钟点的,我脸也顾不得洗朝外跑……打这里也总结经验,正反两面教训。"

正经老大汉说这一段话时,脸上也出现愁苦,事情过去总有十多年了,愁苦淡薄了一些。也可能当初就不怎么浓重,他有"总结经验""正反两面教训"……这些法宝,可以镇住苦难。对着法宝,年纪大的表现出可以理解。年轻的不能,反倒嘀咕道:"老家伙,没治。"

"——这一条经验是,不论怎么斗:陪斗,游斗,跪斗,喷气斗……不论怎么审:夜审,车轮审,没头没脑的审……只要一躺下,必须睡一觉。才好坚持考验,继续革命。可怎么睡得着呢?我命令我自己什么也不想,积极主动去想鞋，拿想鞋来替安眠药。想着小时候一穿上鞋，那酥酥痒痒浑身舒展劲儿，想着想着，痒痒酥酥，迷里迷糊，果真睡着了。睡着了也还是丢鞋、找鞋、抢鞋，好哩，这不是睡了一觉了嘛！我能把浩劫'顶'下来，现在也还有'余热'，就是我能这么睡觉。有回我恨不能一头撞死，也找不着我的鞋，忽然在黑黢黢里摸着了，是无底洞吧又把鞋夹着，我使劲给拽出来，鞋面大盖都撕成黑毛毛，潮乎乎，紧抽抽，我使劲套在脚上，抻抻、拱拱、扭扭，再抻、再拱、再扭……我舒展了，我跑，我跑……"

又是跑呀跑呀，究竟跑哪儿去呢？听众也听腻了。谁知这一位说到这里，嗓门拔高，改成控诉腔调。正经老大汉的控诉是连珠炮般打出法宝，久经锻炼的耳朵也摸不着头脑。年纪大的和年轻的，全部只好想着怕是犯了毛病了，又全不清楚犯的是哪一路病。请听：

"……这一条经验也有正反两面，黑白颠倒，是非混淆，人面兽心，兽性发作，原始野蛮，返祖现象，低级趣味，失掉原则，丧失立场……我这把年纪，我这么个人，我落到这种无耻人类，我当着大男小女，该坦白，也该打嘴巴子，我跑了，跑了阳！"

万　岁

——十年十瘾之八

古人有把卖茶的"堂倌"叫作博士，卖草药的"郎中"也有叫博士的。现在南方有些古朴地方，还兴着这等"重地"称呼。可惜近年评职称、定级别，学位是要紧条件，博士又是学位中最高者。平常时候胡乱叫起来，倒变作玩笑。虽玩笑，大多也善。

"我博士"出身微寒，只怕连小学文凭也没有拿到过手，全靠钻在书里，让人家叫作一条书虫。中年以后，在地方上，熬出了文字学家的名声。把那符咒似的甲骨文钟鼎文都认得差不多。

有年，本地中学广求贤达，请他执教语文。总还要写张履历，这位一挥五个大字："我博士出身。"别人也说不得短长，人家少年时候做过"堂倌"当过"郎中"，早已是市井闲谈的资料。将就着尊称"我博士"，隐去真姓名也算得两全其美。

这条书虫活到中年，还是光身一棍。有个农村大姑娘帮他做做饭，洗洗涮涮。屋里堆着的、捆着的、摊着的、连扔在地上的书，都不许动。不动不动，神不知鬼不觉，姑娘的肚皮却大了起来，养下白胖白胖撕书、啃书、尿书的小子一个。常把当妈的吓出冷汗来，当爸爸的却只凶凶地看着当妈的。

"我博士"应承到中学来，附带一个条件：孩子他妈也来上课当旁听生。这是从来没有过的事，校务会议一议再议决不下来，只好打报告请示教育局，不知哪位长官拿红笔打了个勾。学校领会勾者通过也，这是根据改卷子的习惯。

孩子他妈原名伊爱弟，爱弟和招弟、带弟、来弟、引弟同是地方上给女孩子的通用名字，作兴和抛砖引玉的典故有些首尾也说不定。"我博士"为上学给她取个学名，只改一个，叫伊爱我。

校务会议上笑不成声，还是校长说，有学问的人都有点怪，有点狂，这名字也给一勾了了吧。

"我博士"不但坐着，站着走着也可以看书。不但在屋里，在街边在街中在十字街口都可以看书。有时走过操场，左手托书，右手翻书页，左右在打球踢球，盘杠子，跳高跳远，全无妨碍，安详走过。

如若冒叫一声，他从书上翻眼——不抬头，光把眼珠子翻了过来，两眼凶凶射人。次数多了，大家觉出来博士有两种眼神，安神看书，凶神看人看世界。

博士两手细长，又留长指甲，倒是翻书页方便。这两只手安静在书本上，像是旦角的手。若上课来了劲头，发挥起来竟像龙爪。有回在黑板上写个"帝"字，抓住粉笔，戳过去嘭地一点，紧跟轱辘轱辘飞转几个圈，最后自上而下一竖落地。这时，食指的长指甲刮着了黑板，疼！左手飞过来掌握右手食指。

学生里有几个失笑两声。

博士嗖地转身，两眼直射的就不只是一个凶字了得，还当添个暴字，暴怒暴动的暴，也叫人联想到暴君的暴那里去。

一眼就看得出来，伊爱我和别的女生不一样，她的胸前鼓鼓囊囊，没有轮廓，也不平整，不知道外衣里边塞着块布？还是内衣不扣，错扣，乱扣？点名册上没有旁听生的名字，一般老师都不理就是了。有天，有位化学老师偏偏问道：

"怎么没有你，你叫什么？"

"伊爱我。"

女生哧哧笑了。

"爱我？"化学老师板着脸又问一声。

男生哈哈笑了。

化学老师仿佛领悟，赞道：

"哦，爱我！"

全堂大笑。伊爱我也笑，面不改色，全不当回事。

下课后，有两个男生学着腔调："哦，爱我！"有两个女生正色质问：

"有什么好笑，有什么好学的，也不想想看。"

这倒好了，从此没有人取笑。伊爱我老是上课铃响后，急忙忙走进来，坐在后排位置上。刚一下课，急忙忙小跑一样回教员宿舍去了。要去照管孩子，要去食堂打饭，要另做点小菜。有的女生就帮忙给孩子缝点什么，带手代买点什么。

只有功课作业，没有人帮。因为伊爱我不当一回事，旁听生考不考试也不要紧。下课铃要响未响的时候，她就把书本笔记本水笔铅笔装到书包里，铃声一响，拎起就走。大概再也没有拿出来过，直到第二天坐到后排课桌上。她从来不把书包挂在肩头，也不像有的女生一上中学，就不用书包，把书本挟在胳肢窝里。她总是拎着书包，和拎菜篮子差不多。女生中间少不了的喊喊喳喳，三一堆两一伙的，她全不理会。有的女生和男生说起话来，总有些不大一样。她可是全不论。在男生眼中，好像她也不是女生。这倒好了，她和谁也没有矛盾，谁也可以不经大脑，随手帮她点忙。

伊爱我忙忙碌碌的是家事，是孩子。对家事她没有埋怨，也不显爱好，仿佛是该做的就做呗。连孩子，也不挂在嘴上，也不抱出来让人看看。

"我博士"进出课堂，从不和伊爱我说一句话。对面相逢，也不看她一眼。博士什么学生都不看，连他取名的"爱我"也一样。

下课回宿舍，谁也不等等谁，前后脚也是各走各的。

有回，伊爱我没有踩着铃声进来，课上到半堂，她才悄悄闪进来坐到后排。

"我博士"正在昂首扬眉，两臂半举，细长手指抓挠大有"咄咄书空"的味道。忽然眼角看见了伊爱我，他就这样举着手臂，仿佛张着翅膀飞下讲台，飞过课桌，伊爱我声音不大不小，迎着说道：

"退烧了，睡着了。"

博士两手落下来，细长手指鹰爪一样抓住伊爱我的肩膀头。若是没有课桌隔着，若是伊爱我往前凑凑，照这势头应当是个拥抱，至少也得是脑袋扎到胸前。不过没有，一抓就"定格"了，这个势头半道"定"了"格"。

就这半道，也叫全堂男女学生冷不防，估不到，先是吃惊，再是嗤嗤……"我博士"猛回身，两眼凶暴，全堂静默。也不一定都那么害怕，倒是没了兴味。

学生认为博士是个怪人兼狂人，肯定是因为做学问当书虫，成了这个样子，肯定。

学生又都说不好伊爱我是怎么个人呢？好像是没开化？只是服从命运？她没有心灵还是心灵还没有发现？她全只有自己还是全没有自己？

想象中，伊爱我在"我博士"手里，是凶暴鹰爪里的一只母鸡，到哪里讨这个爱字去。男生女生有事没事帮伊爱我一把，因此成了自然。

不想"浩劫"到来，中学生若不敲打敲打老师，先还叫作"保皇党"。后来就是"黑帮狗崽子"。

那时候满街贴着"万岁"，一个人从"早请示"到"晚汇报"——若是"黑"人，是"早请罪""晚认罪"，不知要喊多少声"万岁"，什么什么万岁，伟大的什么万岁，最最伟大的万岁……到处都发生在"万岁"上头出了错，或写错，或喊错，或字有涂抹，或口齿不清，都会打成现行反革命，有真开打的，有当场活活打死的，打到监狱里去还算一时太平。

伊爱我不是老师，也不算学生，本来公认是鹰爪下的母鸡，大家都大把小把的帮过她的。这时候全变了，伊爱我戴不上"红箍箍"。人不了兵团战斗队。大家正说得热闹，见她来了,就噤声,扭过脸去。仿佛她是个奸细。只因为一夜之间,老师全变成了革命对象。

学生们发现,凡喊到万岁的时候,"我博士"闭嘴,有时候嘴皮动动不出声,有时候出声细小听不真。大家天天背诵着经典:"……赫鲁晓夫式的人物,睡在我们的身旁……"现在,提高警惕的机会好不容易到来了。

几个人凑在博士身边,喊万岁时张嘴假喊,支起耳朵真听。果然,听见了,高兴了,好比扣住了鸟,钓住了鱼,包围住了蛐蛐,欢叫道:

"他,嘀咕嘀咕,嘀咕两个字。"

"狠毒。"

"没错,我可听清楚了,是、狠、毒。"

一哄而起,男男女女,跳跳蹦蹦,快快活活拥到教员宿舍,来到博士家门口。只见伊爱我站在门前,挺胸直腰,什么时候她倒有了"一夫当关,万夫莫敌"的气势。

大家站住了脚,听见伊爱我喝道:

"我是五代贫农!"

就在当时,可是当当响的金字招牌。

不但出口不凡,还拍了下胸脯。谁也没见过她这么个做派,不禁愣怔。

有个瘦高男生缓过点劲儿来,叫道:

"我们喊万岁,他嘀咕狠毒。"

"是狠毒,狠毒。"几张嘴证明。

伊爱我脸一沉,只一秒钟工夫,叫道:"很多。"又一秒钟,嗓门开了闸一样:"是很多。街上哪里哪里都是,院里墙上是,门上是,屋里屋外全是……"

一个结结实实的女生叫道:

"他嘀咕的是狠毒,何其毒也的毒。"

"很多!"伊爱我斩钉截铁。冲着那女生,带几点讥笑。"他的口音,你还有我清楚?你是什么人,我是他老婆。"转过脸来对男生。"你们不要很多,要很少?不许多,许少?说话呀,站出来呀,我专候在这里,听听谁敢说出个少字来……"

学生们嘀咕着:"别跟她废话。""我们破四旧。""这里的四旧比哪里都多。""四旧"指的是书,学生们在"狠毒"口音上二乎了,转移到"四旧"上。

伊爱我抄起窗台上一根炉条:

"我五代贫农!还有五代的没有?有没有四代的?没有。三代的呢?谁是三代?"举起炉条。"五代的打四代,是打儿子。打三代,跟打孙子一样。"

这一番大道理,经典上虽说没有,可觉得跟经典是粘连的。成分高的先就心虚,往后缩。低的也难数到五代,往前腿软。只好交代几句五代的祖奶奶,教育教育你们博士,就这么顺坡下驴了。

从此伊爱我把着门口,"我博士"钻在屋里,连影子也不露。

把这风风火火的日子熬过去,学生们有的满世界串联去了。有的入了大兵团在社会上打派仗去了。有的由路线斗争改成线路斗争,女生钩膨体纱,男生攒半导体。

"我博士"出现在院子里,长指甲剪了,好拿铁锨。把几年没归置的煤灰煤末,铲出来,掺上黄土,兑水,搅拌匀净了,平摊在地上,拿铁锨竖一道道横一道道,划成无数小方块。晒干晾干,铲起来堆起来备用。这叫煤茧。

他打的煤茧,不碎不板,好烧。

驻校的学生管老师的劳动,平常就是扫地擦玻璃洗厕所。也有临时任务,有天,把老师们集合起来,叫刨掉院子里的老树根。这本来是一人抱不过来的大槐树,多少年前有说是吊死过人,有说是死了什么人给锯下来打了棺材,剩下二尺高的树桩。倒是一个现成的棋桌子。

老师们使镐使锨,家伙也不齐全,整累了一天,刨出一丈见方的土坑。只见下边的根子四下伸张,没有个头。有的伸到教室底下去,岂不是还要拆房?学生们没了主意。

第二天,"我博士"指挥起来,叫使锨使镐不论使什么,把四下伸张的根子,挑粗大的砍断。弄一根杉篙用麻绳铁丝捆住在树桩上,两边能上多少人上多少,推磨一样往前推,推不动,往后拽,拽不动,再往前推,推来推去半个小时,老树根活动了。

学生们也说,倒是博士出身,见的活多。

世界上的事,也和推磨似的,磨盘推到学生们身上了,该他们去"接受贫下中农再教育"了。打着红旗,上山下乡,一下子落到生活的最底层。三年五年,五年八年,一个个流浪汉似的流回城市。

那瘦高的男生长出了一嘴黄毛胡子,拼命去啃中学里丢掉了的数理化,不考进工科大学誓不罢休。但他喜欢的是文史。

那个结结实实的女生,肩膀上扛起了腱子肉。她摆摊卖牛仔裤、健美裤、连袜裤,灯笼裤、发了财,想开冷饮热饮咖啡馆。男朋友多些,老打架让她瞧热闹。

学生听说"我博士"单身住在城边一个小庙里。原来他要写一部书,五代贫农伊爱我这时"后怕"了,惹火烧身还了得,不许写。博士偷偷写了,藏在铺底下,天花板上,都叫伊爱我搜了出来。后来一张张叠成小块,塞在墙洞里,煤球堆里,那也逃不过伊爱我的眼睛。哪怕博士暴跳,或是恳求,跪下磕头,也挡不住一把火烧掉。世界颠倒了,母鸡抓鹰了,说:你不要命,我还要孩子的命。你找死,死到外边去好了。

"我博士"得了"找死死到外边去"这句真言,逃到小庙里住下。瘦高男生找到小庙后院,举手可以摸到顶棚的小屋里,堆着摞着摊着的书本中间,找到了老师。"我博士"干瘦了,头发黑的还乌黑,白的又雪白,也怪。那两只手重新留起长指甲,细长的手指老只贴在身上,更像旦角的手了。男生坐了小半天,没有看见这双手鹰爪一样张扬过。好比递上烟去,都不摇手推辞,却按在胸口,轻声说:

"不抽了,抽不起,也好,省事。"

男生说屋子矮小,书摆不开,光线也不足,伤眼睛,还有股子霉烂气味。

博士也没有指点江山,倒把两手合着,说:

"安静就好,安静就好。"

男生问在写的是一部什么书。

博士两手按着桌上纸张,嘴里只嗯嗯两声。

男生来的目的,还是要打听这本书,就说同学们都惦记老师的著作。

博士把细长手指抠着胸口,仿佛抓心,不说话。

男生不肯罢休,说自己喜欢文史,愿意帮着找找资料,抄抄写写……

博士不抬头,只把眼珠翻到眼角,可叫作斜视,也可以说是窥探。

这时，瘦高男生发觉老师的胖瘦啦、头发啦、手势啦……其实都不要紧，要紧的是眼神。先前那种看书的安神，没有了。看人看世界的凶神，也没有了。现在像是六神无主吧，又像是闪闪着什么。闪闪的像是狡猾？狡狯？狡诈？都不准。离不开一个狡字吧，又阴森森。

瘦高男生自以为长了胡子了，不妨单刀直入，叫起来说道：

"你一个人，这么一个棚子，想写成一部大书？写了又谁给你出？同学们可以奔奔赞助，可你得告诉我，你写的是一部什么书？"

"我博士"脸上出现神秘了，说：

"万岁探源。"

男生握拳举举胳膊："万岁？"

博士两手贴胸不动，点点头，努嘴指着对面墙上。男生早看见墙上东一方块，西一长条，写着许是画着字——又一个也认不得……博士努嘴指的那张方块是：

"这是最早的万字，是个蝎子。"

"就是有毒的蝎子吗？"

"尾巴带钩，那里最毒。这东西，古时候，繁殖起来，转眼成千上万……旁边那个是岁字。"

"看出来没有？血淋淋。"

"没看出来。"男生真不明白。

"那是一把戈，能钩能砍，上下是两只脚，人的脚。古时候，有一种刑，叫刖刑，活活地砍下脚来。过年祭祀，要砍人脚上供，叫作'牲品'。"

"这可够狠的……"男生想起来了。"那年成天喊万岁，你嘀咕的是'狠毒'吧？伊爱我愣打掩护，说是'很多'。"

"我说的是狠毒，这两个字，一个毒，一个狠。可怎么成了最尊贵最崇高的称号？又怎么闹成了只许一个，若再出来一个，非得你杀我，我杀你……"

"你探源，就是探的这个？"

博士细长手指贴胸，低头："探的这个。"

"老师！"男生一声大叫，他进屋才第一声叫老师。"我敢说，要没有赞助，你探不成。"说罢站起就走。

瘦高男生去找结实的女生。过天，女生横着肩膀走进低矮小屋，她和男生不一样，只扫一眼堆着摞着的书，瞄一瞄墙上的非字非画。倒把眼睛落在小小书桌的桌角头，开动脑筋。那里一个粗瓷绿碗，不圆，当然是等外处理品。里边一方块豆腐，渗着水，估计洒了够多的盐了。豆腐边边变色发黄，缺一只角。女生判断：一只角，下一天的饭。

"老师，伊爱我大姐好吗？"

"她现在不叫爱我，叫饿我。"

"不同意你住在这里吧？"

"钱票不给，粮票也不给。饿我，饿我回去。"

"这里条件是不好，饿我其实还是爱我。就是'我博士'这一个'我'没有别的'我'……"

"我是什么？"

女生不明白。

博士努嘴指着桌面。那豆腐碗旁边，有一张长方纸头，上边是：

"带把带钩带锯齿的大斧子，杀人的武器，那就是'我'的原形。"

那样结实的女生，也一激灵。做了个深呼吸，才又开口：

"老师，你的书，我们同学都觉得深刻。可你这么饿着，坚持不下去。让我们做做工作,让爱我大姐不撕不烧……"

"她有病。一会儿明白,一会儿糊涂。糊涂起来,脸,煞白,眼,直直。就像'我'的锯齿,锯上了五代贫农的脖子……"

女生略一盘算,说:

"老师,你信得过我吗?要信不过,我找些同学来担保。你把已经写出来的,交给我复印一份,我们藏着。原稿还你。"

博士细长双手贴心,低头不语。

女生再一盘算。觉得目前必须来个紧急措施,进攻道:

"不说别的,伊爱我大姐要是找到这里来呢?听同学说,她要来,要来,要来……"

博士随着一个个"要来",一步步惊慌,叫道:"你转过身去。"

女生心想:攻着了要害。不但转身,还走到门边,面墙。听见后边撬什么,抠什么,窸窸窣窣……

"拿去。"

女生转过身来,双手接过一个纸包。

"这是第一章:导言。"

女生这时才看见"我博士"两眼闪闪,那眼光又狡,又神秘,又冷。赶快鞠了个躬,走了。

女生回家就打开纸包,读"导言"大约万多字,可是一会儿就读完了。傻坐着,眼见天黑了。那样结实的身体,噤

冷——从骨子里冷出来,很想钻到被窝里去。还是挣扎起来,连夜赶到瘦高男生家里,男生的父亲,是精神病专家。请他解释解释:

氤　氲
——十年十瘾之九

前　言

　　这是一位木雕艺术家在"牛棚"里交代的一件事。当时派出专案组，坐飞机以观天象，乘轮船可察海情，住宾馆品尝山珍异味，周游名胜古迹。调查结果，若道是捕风捉影，连个影子也没有捕捉得到。

　　归来使气，夜审木雕艺术家，方知此事来历。

　　木雕艺术家顶多是个小名家，为人木讷。夜枕木段，日抱木板，没有多少票房价值。到了"三名三高"一网打尽时节，才随大流进"棚"。没人想到他身上发生"轰动效应"，又总要有个名目，就告诉他历史上隐瞒着一件事，须是坦白从宽。

　　木雕艺术家反复思索，实无藏掖。举目"棚"中人才济济，天塌下来，也有高个子顶着。用不着打翻盐贩子，闲糟心。过些日子，人才们交代得天花乱坠，开大会做了典型报告，当场"解放"了一批。艺术家心想现在"蜀中无大将"了，可还有"廖化充先锋"。又过几天，廖化们揭发别人立功，也"回到群众中去"了。"棚"中地铺上空出一边，艺术家心神不安起来，难道真有个天角，会塌到自己头上！再，有"走资派"检查深刻，到"群众中接受教育"了。再，有"历史问题"做过结论的，让"群众监督"去了。"牛棚"里满目荒凉，只剩下三五个人扑灯蛾似的，胡乱交代起来。艺术家感觉到"天将降大任"于自己了！面红耳赤，抖落了画模特儿时，走过邪。不中，不是这件事。艺术家原来欣赏"英雄有泪不轻弹"，也顾不得了，流着眼泪，悔过了当穷学生时，偷拿过食堂的馒头。不对，也不"着穴"。艺术家成夜成夜无眠，搜索枯肠，绞尽脑汁，巴不得曾经风高放火，月黑杀人。有一夜到得天微明时，忽然，眼前出现一片杂草杂树林，不觉心惊肉跳，似曾相识。不，好不熟悉。你看天色阴沉。你看暴冷冻人。可是什么年头？出过什么事？肯定不平常。可能一生难得一回。你看刚一想起来，就起心眼里哆嗦。

天一亮，艺术家就要求交代。人家听了没有表示。过一天，继续交代，也没"解放"他。再补充交代，细节越来越多，全部形象化起来了。

专案组调查归来，夜审也无结果。反正旅差费也报完销了，气势平和下来。注意到最初交代中有几句话："决非存心隐瞒，实是三十年来，从未想起。这样重大的事，竟会忘记？虽说不合逻辑，但确实如此。"专案组喝道：

"木头。"当场命名，"你做了一场梦吧。"这原是递个话头给他。

木头立刻否认："不是不是，我想起来以后，形景都在眼前，越来越清楚。"

"木脑。"再赐一字，"你神经出了毛病。"这是给个台阶好下了。

"没有没有。我先还以为逻辑不通，现在看来全合逻辑。"

虽说专案组有否定这事的想法，但既已立案，否，也得有人证物证。正是：

"一字入档案，九牛拉不出。"

正　文

木头木脑的家乡，有世代相传的黄杨木雕工艺。木头木脑

"拔长"的年纪——"拔长"是土话,和稻麦"拔节"的意思差不多。可因水肥气候的缘故,拔得不匀称。木头木脑的颈部过长,头部略小,暴眼看去,两部分仿佛一般粗细。他喜欢把零碎黄杨木雕成小动物,雕得最叫别人喜欢的是雁鹅。他见别人最喜欢,自己也最喜欢起来。雁鹅颈部也长得"出格",他雕来雕去,把"出格"的长度、弧度、角度变化多样,雁鹅也就"龙活"不凡了。

木头木脑拿着雁鹅,爱东走西走,给人看,人家嬉笑道:

"把你自己的形容雕出来了。"

他就送给人家。这样,木头木脑走了一些不该走的地方,听了一些不该听的话,学了一些不该学的嘴。自己还一点也不警觉。

有朝一日,衙门出兵捉人,上半夜捉了街前,下半夜捉了街后,青空白日,东搜西查。

有个后生家有名的"清水"——相貌水一样清秀。平常最会评论雁鹅,木头木脑若是听得进去,就会雕出新花样来。这天,清水后生静悄悄走来和木头木脑说,有真好看的雁鹅,相伴到城外走一趟。要走就走,反正是近便乡下,和谁也不用招呼。

走到城外,清水后生七岔八岔,木头木脑不知几时,身在树林中了。林中没有道路,走法只有一个,避开葛针蒺藜,不问东西。绕过狗也钻不进的荆条水竹篷，不论南北。白杨、乌桕，胖桐、瘦柳、王树矮、杉树高，全都不分行、无疏密、胡乱生长。

木头木脑只好紧跟清水后生，脚高脚低，绊倒爬起……忽然，怎么树木整齐起来，土地平整起来，抬头细看，全是半抱粗的槐树，一株一株相隔七八步，分两行对立，如老将排队站班。行间一条土路，没有杂草，更无杂树。路不足五十米，两头还是胡生乱长的野林子。

老槐树纹丝不动，苍老入定，好不肃穆。清水后生前走几步，指出一个丁字路口，朝路口看过去，也是两行槐树，不过二十步，有一倒塌石头围墙，墙里一个废墟，中间成堆的好像一个坟包。看那方正青石碎板，厚砖头，磨砂水泥块，原先当是洋楼，不会是农家小屋。不知多少年前，肯定阔过，繁华过，门前走过车马。现在像一座不见子孙的坟墓，失落在荒野。

清水后生走进倒塌围墙，挑块石头坐下，叫木头木脑坐在对面，石头冰凉。

清水后生说，你没有来过吧？他也只来过一回。头一回来时，天色也阴阴沉沉，好像要下雪的样子。你走得出汗吧，现在坐下来，身上汗水冰着肉了吧。

他说头一回，是你也认得的白麻子带他来的。白麻子坐下来，摸出一把手枪拍在膝盖头。

白麻子说清水后生是个叛徒。执行组织命令，把叛徒带到这里来处理——这叫作处理。

清水后生说自己不是叛徒。

白麻子说他不知道，只知道叫执行就是执行。你若不是叛徒，就做个烈士吧。现在你站到那块青石板上去。

清水后生就站到青石板上，白麻子也站起来，扣着扳机。清水后生穿着一身青哔叽学生装，觉着可惜。就说慢点，让他把衣服脱下来，战友们缺衣少食的，不要弄脏了。脱了上下衣服，脚上是一双翻毛皮鞋，一边脱一边说，小三的脚一般大小，他的鞋底透通了，这一双给他正好。

清水后生脱得只剩一条裤衩，站在青石板上。天冷，身上立刻起了鸡皮。白麻子右手颤抖，左手过来帮衬。清水后生正要喊最后一声"万岁"……不知从哪里，蹿出来一个四脚动物，灰黄色，挟尾巴，长嘴子，蹿到废墟前边，回身，半蹲半趴着，做前扑的准备。

这是狼。

狼望着这两个人，等着打死一个。是先吃活的，还是吃死的呢？好像还没有决定。

两个人也看着狼，差不多同时觉出来这狼的眼睛，分明懂事，在察看世情，审视世态，带着点冷嘲——分明是一双人的眼睛,啊,人的眼睛,两个人都心惊肉跳起来。

阴沉的树林,破倒的废墟,一只狼脸上一双人的眼睛,把两个都是正义又悲壮的胸怀弄糊涂了。

白麻子掉转枪口,对着那双人眼睛中间,砰的一枪。那狼蹦起来丈把高,朝后一翻,落在废墟的坟包后边,不见了。

白麻子叫清水后生穿上衣服,说,枪里只有一颗子弹。那时候子弹的确金贵。

后来什么事也没有,因为没有谁是叛徒。

清水后生说完头一回到这里来的事。看着木头木脑,流露出少年朋友中间露水般干净的感情,说:

"我早告诉过你,其实是警告过你,不该去的地方不要去。还有,最要紧的是,这里那里,来回传话,犯了大忌。我相信,不只我一个人相信,你是无心的,你不懂。我也早和你说清楚,听的人若有个把有意的,就糟糕——'脉死'。""脉死"可能来自洋泾浜英语,意思是"最",是"统统",平时是玩笑言语。

"我晓得的。"木头木脑也露水般透明,"这几天在捉人。"

"你晓得就是了。"露水虽好,却容易晒干。清水后生脸上正派起来,"你认得的人,你认得的地方太多,你的嘴又最没有栅栏。组织上不能不处理,叫你为事业牺牲。"

还是叫作处理。

这时，木头木脑的头脑，真的木了。说木，是脱离实际，白话是魂不附体。那脸色煞白，手脚冰冷，膝盖骨手关节摇铃，他自己都不知觉。灵魂已经到了体外，又没有走远，牵一个瞎子那样牵着身体站起来。那灵魂没有反抗的意思，连怀疑也没有。身体也就没有一点逃跑躲避的动作，摇摇晃晃不觉得，出气多进气少不觉得，一步不停，不朝别处，径直朝那块青石板走。好像走了很远，好像走都没有走就上了青石板。

站上青石板，身体问灵魂：

"我也是烈士啰？"

清水后生眼皮低垂，寻思这位少年朋友还没有参加组织，算不算得烈士呢？回道：

"我一定为你请求，放心。"

站上青石板，手就上来解领下的纽扣，好像全无力气，解不开。灵魂替着脱下来，看不见有什么人缺少衣裳，还是一件件都脱下来。又脱鞋，脱袜，也不知道有谁的脚一样大小，有谁的鞋底透通了，要换鞋。

"我没有带枪。"清水后生在地上找到一根两尺长木棍，根头两根狼牙般的钉子，看来是拾粪、捡橘子皮、收字纸的工具。

木头木脑的手指还在第一个纽扣上，没有力气解开。他的灵魂已经把上下脱光，只剩一条裤衩。

"这不用脱衣服。只用转过身体……"

这时，灵魂和身体都看见了清水后生的一双眼睛，变了。眼珠如乌木头，如干石子，如烂铁球。眼白闪闪碧绿寒光。这是一双狼的眼睛。饿狼的眼睛。饿狼扑食的眼睛。

崇高、庄严、悲壮……一个个就像彩色的肥皂泡，没等到直上天空，就缥缈失踪，灵魂也从身边消失了。

剩下的肉身里，恐怖弹簧一样弹开。木头木脑要狂呼奔跑，蹦高撞墙……

这时，一个平和清楚的声音：

"把那棍子放下，那是我们家的。"

这是一个女人的声音，女人在哪里？女人看不见。她在坟包后边？她在坟包里面？她就是坟包？

清水后生心里一紧，手里那根带铁钉的棍子，掉到地上。

"我们家姓秦，秦始皇的秦。那棍子是大宋年间，霹雳火秦明传下的武器，叫作狼牙棒。敲人的脑盖骨，一敲就出脑浆，是有名堂的家生伙。"

女人没有笑出声来，不过听得出来带着温和的微笑。

"这个地方是块宝地，先前我们秦家来到这里落户，盖了三间草房，后来添了五间瓦房，再后来，还盖了个木头小楼。门前房后，开了水渠，水渠分出来大小水沟跟一张网似的，网眼里种水稻，一年两季。到这时候，割了晚稻，还要种一地油菜过冬。小油菜开花时候,四面黄爽爽。蜜蜂盘来盘去,一片嗡嗡嗡。牛角上毛毛雨,牛屁股晒太阳……是宝地不是?"

声音甜甜,风光柔柔。

是坟包在说话。坟包就是女人。在清水后生眼里,坟包显灵一样显出了女人的标准的线条,流动的线条。这个女人是废墟妖精。

在木头木脑眼里,坟包是女人的脸面,声音从一个黑洞洞里出来。废墟是女人的身体,或饱满或柔和或神秘的女人部件,散落在黑暗里。这个女人是废墟母亲。

"后来,仇家来抢宝地,烧了房子,杀了人,杀人和砍菜头一样。全家只逃出一个我来。仇家在这里养牛养马养鱼养鸡鹅鸭。发了财,盖了水泥碉堡,造了石头城墙。我逃到外面,养了六个儿子,个个'拿龙'一样杀回宝地来。不要说男子,女人也会抢过吃奶的孩子,就朝石头上掼。怎么做得下手?我们是为了活命,你死我活,有什么做不得。

"只不过杀完了,气也出尽了,力也光生生了,宝地上只见杂草,歪藤,七岔八跷的树。"

坟包袅动,生发了吸引力,两个后生身不由主,朝前挪步。也还有些警觉,慢吞吞做贼一样。

才两三步,听见女人笑出声来:

"我们只晓得活命，你们心高一等，叫作革命。不但也是什么也做得出来，还活着称英雄，死了编烈士。精神头比我们高十倍都不止。

"前回你们打了一枪，打的是我们秦家看家的狼狗。把它打疯了，你们弟兄两个走过来看看吧，两只眼睛都变了颜色，一只绿哀哀，一只蓝幽幽。我要放它出来，疯狼狗咬人，吃倒不吃，有几个咬几个……"

清水后生嗖地转身开跑，木头木脑紧跟也跑了。

像这样的无头公案，若不是那个地方山明水秀，物产丰富，专案组也不会跑一趟的。正是：

"事出有因，查无实据。"

后　语

木雕艺术家晚年闭门不出，只顾拿锤、用凿、运斧、使刀。不久，得了直肠癌，做手术把肛门也削了。腰里开个洞，扣上一个塑料盒。

不便做大件头，就做头像。日夜加工，生怕做不完。怎有那么多东西好做？做的不过人物动物。人物五官都还端正，距离、比例、角度却又"出格"。动物做的最多的是：狼头。

给他开过展览，赞赏的不多。报上着重介绍身患绝症，自强不息。赞赏的也总觉得什么地方不妥当，是不是错了位，把人的眼睛安在狼头上，狼的眼睛又嵌在人那里？若果真如此，那算什么主题和思想意识？客气点说，看不懂。但艺术家认为都是亲眼看见，亲身体会，亲问理性，都合逻辑。亲到和亲自上厕所一样。

艺术家不久两腿站不起来，叫人从床底下翻出一个黄杨疙瘩，在肮脏的角落里珍藏多年的宝贝。坐着用锤、凿、刀、斧，雕出一只天鹅。仿佛浮游水面，长颈贴背，头微仰。是酣睡初醒？是垂死复苏？

上下收拾停当，留下眼睛最后努力。谁知癌细胞抢先扩散全身，两只臂膀也抬不起来了。只好叹一口气，拉倒。

大家说最后做的天鹅，是他的"天鹅之歌"。没有眼睛是最完美的艺术表现。有一位评论家用了两个生冷的字："氤氲"。正是：

"此处无眼胜有眼，留得空白氤氲生。"

白　儿

——十年十瘾之十

金秋将尽，太阳黄澄澄，石头坡上的石头都是暖和的、软和的、笑眯眯的。

石头坡上的石头无其数，都经过看山老人的手。如若不信，石头怎么都笑眯眯的老人的笑法。

是这个老看山的——"浩劫"时斗他，叫看山佬，现在平了反，叫老看山。是这个老看山步步为营，把一杆铁钎插到石头缝里，摇晃摇晃，摇晃瓷实了，堵住了地漏。是这个老看山拣大块的石头垒上地边、地堰、地唇。是这个老看山的栽杨插柳，护住水土。是这个老看山的搜索挑剔黄土，阳坡种核桃，阴坡种板栗。是这个老看山的让山脚绕上葵花，山梁趴上野葡萄。是这个老看山拿碎石子铺了条盘山道，打了个石头洞，冬暖夏凉，避风躲雨。洞尽里头盘的有石头炕，洞门口有石头墩好坐，石条石板好放茶碗好下棋。

老看山的看了二十年山，把个石头山看成花果山、花园山。老看山的原先是土改斗地主的积极分子，他领头分了地。不到三年，又领头把地归公办合作社，当社长。当到大跃进时候眼见粮仓露底，粮柜挖空，就不报谎情，报实情，叫撤了职。

是他自己要求到石头坡上当看山的。看山本来只是个"看"，他可东摸西摸，笑眯眯的。村里饿着饱着，马踩车车踩马，文斗武斗，他都不问不管，只是笑眯眯摸着石头。谁知这也斗到他身上，就在石头坡上石头洞里，斗了他个通宵，到"高潮"时，扒下裤子，拿细铁丝一头拴住下身前边，一头拴在石头块上，就在细铁丝上弹琴一般玩儿，把他弹死过去。死去活来，小便失禁。只好返老还童，兜上尿片子。山上风尖，常常像兜着冰坨子。

以后还是看山，他还是笑眯眯的摸着石头过日子，不过添了一样：自言自语。嗓子里呼噜呼噜一阵，仿佛哭声，可是脸上的确笑眯眯地说着自个儿的话。

现在收完秋，搂柴禾的孩子也不到坡上来。石头坡上丁点黄土都派了正经用场，没有长柴禾的地方。

天高气爽，山静坡暖。有云吗?有水吗?若有云有水，也都会软软的定定的。要化不化，要僵不僵。是"入定"境界。

看山老人在他的山洞洞口，摆弄石头块儿，砌一堵石头墙，好封住石头洞口。他不慌不忙，大小块儿配搭，碴口和碴口对齐靠严。他老了，搬动大点儿的都要努着劲儿了。砌妥了一块，都得喘一喘了。喘着的工夫，他眼眯眯的笑眯眯的左看右看，稍不合适，还努着喘着掉个头前挪后挪好不容易才认可了。

他唤："白儿。"

他静听唤声在太阳里溶化。

他嗓子里呼噜呼噜一阵，笑道："他们笑我唤得柔和、唤得甜、唤得亲，说，亏你这么大岁数了。老杂种。"

他说的还是"浩劫"中的挨斗。本来早就撤职，要了这个孤独差使，看山。本来没有什么好斗的，老伙计们提溜出来他小伙子时候，和白儿相好。白儿是中农人家姑娘，要说精穷的小伙不该想吃天鹅肉，倒还可以。可是提溜出来斗的，是斗他搞破鞋。

看山老人看看砌了半截的碴口，找一块合适的石头，两步以外有一块可以，抱起来跨过脚下的石头堆，体力不支，连忙扔掉一样往碴口上一扔，正合适!

老人嗓子里呼噜呼噜带喘一笑：

"不要记恨，也不要非得'掰拆'个理儿出来。老哥们惦记我，可那土里扒地里刨的事儿，小造反们不来劲。一提溜搞破鞋，好哩，老少都属一句文话——兴高采烈。这一葫芦酒，醉一屋子人不偏贤愚。这就是理儿，还要什么理儿！"

他唤："白儿！"

他静听唤声在太阳里溶化。

他摆弄着石头，想着：不惦记上我，惦记谁呀。是我领着老哥们分了老财的地，欢天喜地，含在嘴里还没化呢？是我领着"熬鹰"，整宿地开会，让老哥们一个个把地吐出来，不吐口报名入社的不叫走人。是我哄着大家，"电灯电话，楼上楼下"，金光大道呀。没想到饿起肚子来，眼睁睁地饿死人。我早就死老虎了，伺候石头来了，那还得惦记着，忘得了姓什么也忘不了我呀！该！

看山老人呼哧呼哧地抱上一块长方石头条，也还呼噜呼噜地笑着。

白儿，你们家我进不去，老委屈你，上西口破窑洞里说说话儿。你老不敢来，怕招笑，怕戳脊梁骨，怕舌头底下压死人。实际，老哥们给咱们放着哨呢！站脚助威呢！两肋插刀呢！他们老学你，耷拉着脑袋，眼珠子掉在地上寻一根针，打村口房檐下黑影子里开寻，寻过白果树，一步一挪寻到破窑洞口,滋扭——跟打个闪一样,没见转身就进了窑洞。

白儿,等咱们说了一阵话,有时候,不也有老哥们咳声嗽,探进头来,也有蹑手蹑脚的压着嗓门取个笑,跟闹洞房似的。你要一滋扭跑掉可又没真跑,那时候咱们都想,但愿有一天,让老哥们都来,敞开来闹一闹房呀!

白儿,我也不怨你爹。你爹要是发狠,我这里早横下一条心了。你爹要是动武,我可是摔打出来的光棍一条。谁知你爹那几句话,柔柔软软,还真拿人。你爹说:过年过节,短不了走动走动吧。她大姐夫种着二亩园子,冬景天,顶花带刺黄瓜卖肉价。她二姐夫现教着学,可村老少都叫老师、老师。你们怎么坐一块堆说话呢!你们怎么一块堆坐着说话呀!

我得找钱去,我钻了煤矿了。赶我黑不溜秋的拣条命回来,没脸见你,可你也嫁远了。

赶我当了主任,你偏偏回来走娘家。老人都已经不在了,你偏偏的走什么。我当我死了的这条心,又勾回魂儿来了。偏偏我已就当着主任,像个人物似的,不敢迈出一个歪脚印子,把自己拘得紧了去了。老哥儿们也都知道,偏偏要斗我搞破鞋,都别怨这怨那,偏偏这个世界上就有那么多偏偏。

看山老人撤职的时候没有老,看山看老了。那石头坡是个漏坡,有种东西比鼹鼠还厉害土名叫"地排子",把地"排"得漏斗似的。看山老人就一根铁钎,找穴位似的找着一个个地穴,铁钎好比银针插下,跨马蹲裆步,两手上下握,摇晃着铁钎,摇晃着山坡,"排子"洞崩,大石头挤紧,小石头塞缝。

堵地漏,五年。垒地堰,三年。种树,五年。开沟修路,三年……

石头坡成了花果山,表扬了。花果山又成了花园山,登报了。十多二十年过去了,看山老人真老了。他不缺风、不缺雨、不缺冷、不缺热,不知缺一样什么,就低声唤白儿。是白儿笑眯眯,是白儿那笑暖和和,软和和,晒得化的。他想着早晚快要倒下了,兴许是缺个倒下的洞,他下身兜着冰坨子刨出一个洞来,照着当年的窑洞刨出一个洞来,照着当年尽里头垒起一个炕来,照着当年的洞口垒起半截墙来。

现在,他拼着老命把半截墙加高加高,再高点儿就要封住洞口了。

他唤:"白儿!"

他静听唤声在太阳里溶化。

……跟你这么说吧,就跟闹洞房一样。老哥们,小造反们,严严地挤了一洞,坐着的跟蒜瓣儿一样,戳着的筷子笼里一样,拉来了电线,上上葫芦大灯泡,啦啦作响,冒金星,放金线,点得着柴草。

"交代,老实交代。"

个个红了脸,瞪了眼,支了耳朵楞子。闹洞房少不了这一招,交代怎么遇上、瞧上、好上、甜上、粘上、腻上……差一点也不依不饶啊!

"坦白从宽!"

"大帽子底下溜掉!"

"竹筒倒豆子!"

你说这都是斗争会上的词儿?你想想吧,哪一句闹洞房不照样使,一模一样,一点儿不错。

阳光明丽,石头暖和,看山老人嗓子里呼噜呼噜笑着,摸来摸去摸够了一块石头,抱起,端起,举起,那墙已经齐头高了,举不住,蹭着墙托起来,笑眯眯的喘着……

……这还完不了,早着呢,兴头刚刚挑起来。

"来一个!"

"学一个'滋扭'!"

这可是老哥们提溜的了。当年,你寻针一般挪着走着,走到窑洞门口,冷丁一个"滋扭",跟个电闪似的进了窑洞。全叫老哥们看在眼里了,早在地里学开了,有的一个"滋扭"绊了个跟斗,爬起来还"滋扭"。老哥们说,这个"滋扭"又解渴又解乏,还解馋。

我也只好学一个呗,可老胳臂老腿的不灵了,学出来也是挨斗的架势。

"打回去。"

"不老实。"

"再来过，带表情。"

这当我能带出什么表情来呢!没法子，还得带呀，我一带——

"吓死人啦！"

你说这跟闹洞房不一样。这叫野蛮。那是逗乐。你好生琢磨琢磨吧，那闹房，还不叫野蛮哪?这斗争，还不跟逗乐一般哪?这世界上哪是野蛮，哪是逗乐，你"掰拆"得开吗?

看山老人呼噜呼噜眯眯笑着，呼哧呼哧又举上一块石头，洞口快要封顶了。

……表情真吓死人了?没有吓死谁，倒是这一嚷，老哥们小造反们全乐得前仰后翻，有几个乐得禁不住手、撑不住脚，上来抓挠的撕挦的，不知怎么的拽开了腰带，我那扺裆裤子还不"扑落"掉下来了。这可开了锅喽，七手八脚，也不知哪里塞过来细铁丝儿，乱糟糟地把前边给拴上了，许是拧上的吧。抖搂抖搂铁丝，把那一头拴到灯台那儿……

白儿，原先那窑洞进门右手，有一个小方洞，搁着灯盏火柴，顺手一摸，就能点亮。这个石头洞是照着打的，也是右手，也在进口，也有个小方洞好搁灯台，倒叫他们好拴铁丝了。拴吧!是我收地伤心，是我砸锅炼铁，是我饿着老少，我不当新郎谁当!拴吧拴吧,乡里乡亲一乐百了。

白儿,你又说野蛮了。实际闹洞房也少不了这一招:天花板上挂下来一根细绳,拴上根香蕉。弹弹细绳,香蕉到了新娘嘴边,要新娘张嘴去咬,新娘害臊张不开嘴,不依不饶。真要一张嘴,细绳一弹,香蕉又甩开了。就这么来来回回,逗一屋子人乐半宿,老的满面红光,少的浑身痒痒不能治。

当然,不过,弹弹细铁丝,下身是要疼的。当然,不过,这比起香蕉来,还要叫老少高兴。不知哪一位高兴过头了,跷起一只脚落在铁丝上,就如根断、血崩、五脏裂,把个人疼死了过去了。

看山老人嗓子里呼噜呼噜这回真像带着哭音,脸上可还是定定的眯眯笑着。摸摸石头墙只差三两块就封顶了。他踩着剩下的石头,手撑脚扒,努着劲爬到墙头上,从空子里往洞里翻,翻时硌着下身冰坨子,一疼落地,眼前一片黑。一会儿,看见空子那里,还有一长条阳光照到洞顶上,黄淡,暖和,软和。

他摸摸脚边,把一块准备好的长方石头,蹭着墙抱起来,托着往上蹭,塞到空子里。

现在只剩下一方块的淡,暖,软。堵上这一方块,就严了完了没事了。

他唤:"白儿!"

他静听唤声的黑洞共鸣。

他撤职要求来看山，搬到山下看山小屋里来住。只挟着一个铺盖卷，还有一个木板条钉的好像小柜子的箱子，可以摆上饭碗蹲在地上吃饭，也可以不摆饭碗当凳子坐着吸烟。这就是当了靠二十年干部的家当。两袖清风都说不上，两袖的破棉絮。这一条，打灯笼也难寻呀。

别的干部看着眼珠子酸，七算八算算出来百把块钱，说是该给他的。他不吃不穿买了个电匣子，那年头算是"现代化"了，拿崭新的羊肚子毛巾捂着摆在看山小屋里。村里的口舌他问都不问，却爱听这电匣子说话。

白儿，白儿，有回电匣子说了个故事，那是多少年前的事儿，算了算，合着是宣统年间。马克思的女儿劳拉——你看，都记住了名字，还有那女婿叫什么没记住。反正都七老八十了，住在法国巴黎郊区。列宁还是个青年，成亲不久，小两口骑三十来里地自行车，去瞧那老两口，是拜访哪。临走时，老太太说老爷子："他很快就会证明他对信仰是多么真诚。"——这是句外国话，我愣给记住了。说完这话，老两口还对望了一眼，列宁夫人觉着那眼神挺奇特的，也不好问，就回来了。过后不久听说老两口双双躺在床上，关门闭户，打开煤气……留下的话说，自己做完了应做的事情，再没有工作能力了，活着只会拖累同志们。

白儿，这老两口多明白！

看山老人摸着一方块石头，一努劲，塞严了洞口。果真，劲儿也使干净了。他顺着墙根蹲下，在黑暗里笑眯眯的合上眼。

他觉得洞里暖和起来，光亮起来，睁眼：尽里头石头炕上，躺着白儿。明知道白儿是白才叫白，可不知道浑身白白到这么白，白得发热，白得发光，白得发云发雾云苦雾罩。整个石头洞都软和了。

他看见自己血气方刚一条光棍，去拥抱白云白雾白光白热，一生没有看见过自己这么雄壮。

他也看见蹲在墙根的看山佬，下身整是个冰坨子，冰坨子里边精疼，精疼。

短篇三痴

前　言

报载有的城市已经进入老年社会。老年服务必须赶紧起步。又有尊称银色工程，告知企业家虽说利薄可是稳定，更有持续市场。又有某地某城统计，痴呆症竟占老人的十之一二。又有一说此症本来不少，只因检查手段落后，当作老糊涂了，或返老还童一声"老小孩"就交代了。这里记下症状数则，或可供工程参考。

花　痴

陈素娥　女　六十五岁　生活自理，手脚自如。衣着整齐，梳理干净。每日早晨或傍晚，必到公园散步，爱上树林背静地方，来回逡巡。遇见单身老头练气功、打太极拳或随意做操，先静默观看，再定睛，出神，眼皮半合，起雾，发光如玉的水色，如水的花色，如花的鼓苞初开……日常简单点就说"花"起来了。其实还是简单不了，这"花"人见人爱，可又人人耻笑。若在男性，是寻花问柳之花，女性则是水性杨花。

一天黄昏，有一男人伸手牵花眼女人走进灌木丛，就地作乐，这位陈素娥顺从不语。

过后，陈的成年子女发觉，报警。警方找来四五个嫌疑人，让陈辨认，素娥茫然。叫她看过来就一个个看过来，然后又一个个看过去。脸上毫无反应，如目中无人，如凝视远方。

警方又把嫌疑人带一个来，单独相对。监视的警方也闪在一边。片刻，看见女人的眼睛定了神，接着"花"起来。换一个嫌疑，同样顺序重复。

案定："花痴。"

备注：陈素娥的丈夫，五十年代一次肃反运动中失踪：活不见人，死不见尸。

石 痴

徐 陵(1920—1990) 男 汉族

二十岁时，抗日战争中突围，从高山陡坡滚下，落在石头槽中，昏迷。午夜，小雨，冻醒。面对巨石，不知所之。稍稍爬动，全身疼痛，才恍惚相信是阳间。连摔带滚，竟又落到山客窝棚门前，得到山药医治。五日后，有自己人路过，天也，回到革命队伍。

二十一岁（即1941年）到七十岁（即1990年），整五十年间，因这滚坡落石的五天，不断接受审查。山客找不着，石头不能言语，无法取证。日久，山坡也种树造田，改了地貌，丧失了摔滚的形势。遂成疑案，永挂档袋。"文革"中，"精生白骨堆"，"奋起千钧棒"，打斗致残。

七十岁时，这五十年前的五日冤情"宜粗不宜细"，"留尾巴"，终获"改正"。徐陵老头已无力高兴，可也敞怀饮酒一番。谁知闪了风，感冒发烧，卧床五日后烧退，却懒得起身，懒得说话，懒得日常琐碎。

忽一日，竟早起。穿着平整，漱洗仔细，面容平静，眼色温和。稳步出房门，出楼门，出大门。

老头在历次审查中，从军队"清洗"到边远小城，由黑发到白发，由抄抄写写，到看看守守。但凡风吹草动，必进劳改队。又因与石头结缘，自通石匠技术，每当修桥补路，他是现成当用人才。老来手如砂石，腿如原石，腰背如驮石的龟。

这天走出大门，来到石桥，垂目凝视桥与路齐地方，一块长方石条。当年修桥时节，石料用尽，单缺这么一方。他从别处搬来，未经斧凿，严丝合缝。

再到十字街头，中心用石头砌个假山模样，那充当主峰的，带槽，落得进一个蜷缩的人。

走遍大街走小巷，石阶，石坎，鹅卵石，碎石子……无不一一看望，那专注模样，众人说作"相"，如相面相亲相棋。众人里的家人，暗暗尾随到底。末后忍不住，问声：

"说话有障碍吧？"

"没有障碍。"他发音清楚。

"那也说句话嘛。"

"说什么呢？"他平静反问。

众人本来不怎么平静，家人本来怎么也不平静，徐老的出奇平静像水从头洗了下来，人想是呀，说什么呀，石头一样痴了不就齐了。

徐陵老头回到家中，仰面躺下，无声无息，没有喜悦，没有厌烦，连劳累也没有显露。众人只说得一个满字，下边是满足呢，满完呢，还是满可或满不可？说不准。这一躺下再也没有起来，众人才说定：满寿了。

哭　痴[1]

晨起好太阳，一家三口在金色里围坐，喝牛奶、吃油

---

[1] 有的地方叫作痴哭，方言谐音。

条。女儿高兴,"摆活"股市花絮。

"……四天四夜,四起四落,赚了四十万……"

母亲在桌子下面猛踢一脚,女儿警觉。凡四、司,团音的十、市,谐音的痴、嬉,只和死字沾边含混的,都可能犯忌。女儿忘乎所以,小嘴咝咝的连串冒犯,老父亲已经两眼汪汪了。

夏立银,古稀,白发,方脸,阔口,两眼稍有光彩,板定将军相貌。可惜时常眼泪如豆,出眼窝,挂颧骨,不下。引发两腮抽抽,咽喉哽哽,将军相貌顿作了娃娃脸。

老伴伸手过去擦眼泪,哄道:"股市股市,咱们一股脑儿不懂,不听下一代不三不四……"又出来一个四,忍笑咽住。

女儿凑过来接着哄:"不哭不哭,什么股市,屁股屁股……"屁股另是一忌,女儿吐舌头。

夏老头哭道:"我死了,早死了。"

"您活着,您在您在。我掐胳臂了,疼吧疼吧。"

"半死叫摆平,打死叫拉倒。死过几回的人了,不怕……"老伴搂脖子才捂住那个死字。

女儿压着身子:"敲您的磕膝盖了,一敲一蹦,腿在这儿。"

老头挣扎着哭出来:"把馒头扔在地上,要我趴着啃……"

"你看你看,嘴也在,舌头也在。"

"您哪您哪,脚丫也在,大拇哥在,二拇哥在……"

"趴着还要撅屁股。不撅,踢。再不撅,扒裤子,啐屁眼……"老伴使肩膀堵,夏老头摈着,跺脚大叫:"我死了。"

女儿摁脚叫道:"连小拇哥也好好活着在,您哪,全在全活着,全活全在……"

老头甩头叫出来:"人格呢?"

"人格没跑,套牢在股市……"股和市都忌,女儿忍笑咬唇。

"人格在哪儿?我的人格死了!人格呢?死了!"夏立银两眼圆睁,闪出将军相貌。可惜泪如豆下,腮抽,喉哽,又不成样子了。

母女两个抱头摁脚擦泪连笑带哄:

嬉哭嬉哭,天皇皇,地皇皇,我家有个哭痴郎。仁人君子念一遍,一觉睡到天大光。"

短篇三树

惊 树

主家久居北京,请了个保姆照顾老人。保姆是西北麦积山那边的山里人,约三十五岁。去年,她的十五岁的儿子到北京来探亲。这个孩子第一次到大城市,发生许多惊讶自不消说。不过其中一个惊讶,却叫主家倒吃一惊,孩子叹道:北京,好多的树呀!

主家心想:比起老北京来,树木少多了。若和人口、楼房、车辆比较,更加不成比例,不是政府也着急了,拆房子、改农田、不惜血本地扩大绿化面积吗?

这还可说,怎么倒叫山里来的孩子,稀罕起可怜巴巴的几棵树来，岂有此理！

保姆说，她像孩子那么大的时候，也就是二十来年前，她们家守着树林子住。姑娘们进林子搂柴火、摘蘑菇、拣松果，都要三五成伙；一怕迷路，二怕野物。从林子里出来，姑娘们都"哈——好自在！"林子里看不见天，踩不着地呀——净烂叶子烂泥呀。

"腐殖质"，主家点着头说了句字儿话。又说那就不能叫树林，该是森林。主家咬文嚼字的时候，爱跟自个儿点头。

孩子听着瞪大了眼睛，他不知道妈妈说的是哪儿的话。

主家想想也猜疑，盘问道：战争时候，没伤着林子？
伤。边伤边长。

大跃进、炼钢铁，你们那里不砍树？

砍，也就个把山头。累，懒肯多砍。

那么就这二十年里头，森林全没了？

孩子忽然冒出来一句：不做墒了。

主家不大明白"墒"什么的。孩子和保姆这一句那一句地解释：下一夜雨，第二天刨地，下边还是干的，没有"墒"，庄稼长不好。一年二年，雨水也少了，更不做墒了。主家一明白就明白得很，点着头说：恶性循环。

保姆这才和主家说，孩子实际不是来探亲，山里荒了想到北京当个小工吃饭，是探活路来的。

主家叹道：北京不许用童工。

保姆吞吐，孩子哑巴。主家也头绪纷乱，却又听见保姆没头没脑地叹气：好难过呀！

出气深沉，出的字儿可就三两个。主家心想：耗尽祖宗产业，连子孙饭也鼓捣了。偏偏在这开放的二十年里头?主家忍不住又盘问起来。

保姆冲口说道：干部的过，干部带的头。主家断言：干部是最具体的现实，农民看干部，天经地义。

孩子又忽然冒出来一句：三十年，五十年不变不变的，早说也好些。主家想起一句唱词：穷人的孩子早当家。别小看这孩子，指的是政策疏漏，也不及时。

可是都还说不通透森林的灭亡，那得是巨大力量摧毁大自然嘛。

世界上每当科技有了重要发现，好比说"原子论"，释放出来的能量，可以建设核电站，也可以制造原子弹。眼前的"基因论"才起步，世界上最聪明的脑袋已经亦喜亦忧，说：科技是双刃剑。

战争年代，运动年头，再无法无天也懒肯多砍，因为费劲又个人卖不出钱来。这二十年走向市场经销，这法宝发出来的力量，排山倒海，改天换地。可不可以向世界上最聪明的脑袋借一句话，作为小小的注脚：法宝也是双刃剑。

保姆和孩子都不明白，眼睁睁看着主家跟自己不住地点头。

胡　杨

山民侯道和树林"处"街坊。他的住房斜了，山墙拱肚子了。寻思砍棵树打个撑子，进林子踅了几趟，相中一棵半抱粗的胡杨。树林黑压压的，白天也钻得出来黑毛野猪。什么树没有?这棵胡杨也不是好材料，只为它挡道——树林里没有什么道不道的，可是侯道相它愣挤出来，不站在该站的地方，这正不挡道?这一位自有规矩。

侯道砍这棵树的时候，先使镐刨刨地，果然，那根不四向散开，弯弯地挤出来，长腿长爪，好像盘龙。

这是七十年代末的事儿，老政策"计划"没退，新政策"市场"还未出台。村干部沉下脸来，拍拍侯道肩膀，说，跟着上区里走一趟吧。这一去，判了个八年。

"劳改"中间，侯道挨了训，受了教育。知道了他"处"街坊的树林，一百年也长不起来。要是没有了树林，就水土流失。一方水土养一方人，真要是流失，还真养不住人。侯道服罪。

后来送到北边沙荒地上，种树。早上背一壶水出去，做着活，嘴里火烧火燎的，也只敢抿一小口。为了种一活一，要深刨。有天，竟刨见树根。这一片沙荒，眯眼睁眼望酸望疼了眼珠子，也不见一棵草，柴火金贵，树根是宝，大家细抠起来。原来也是胡杨，也弯曲绕着走，连腿带爪如盘龙。侯道暗叫：又一个挤出来的，这一片原先是黑压压的树林！

几年期满，因种树成活率高，当地留他当技术员，侯道一心先回家看看，谁知到家不认得街坊了，相处的树林没有了。莫非着了魔中了邪？有的树茬还在，竟有半米多高的！可见是偷砍、乱砍、抢着砍，愣把黑压压的山地，砍成癞痢头。

侯道心想：当年才砍一棵树，判我八年。如今干部们全哪里去了？干部全在。侯道有个本家侄子，在区里当干事。侯道找上门去，侄子侯晓说，有木材市场啦，能卖钱啦，归个人啦，你还能赖市场的过？侯道嚷起来：那干部们呢？侯晓叫声叔，说声您还别嚷嚷，干部起了带头作用。侯道说，不嚷，可我告他们。

侯道认真写了状子，拍在侄子面前说，你要还是侯家的人，给我递上去。

侯道回家等回话，夜晚也睡不安全，忽听外边有动静，推门张望，只见几个青年在砍沟帮护沟的树。侯道气冲血涌，一吼扑了出去，暗黑里一个青年顺手一击，正好梆在头上。青年逃走。侯道捂着血，去找卫生员，上药，缠上绷带。

天一亮，侯道又到区里找侄子。侯晓说好了，这有官司好打了,现有血洞。侯道说不打这个血洞官司,我问你那个。侯晓说那个官司立不了案。说着拿出状子,指着批字说:空洞。

侯道横看竖看,纳闷道:我告的是树林子,不关山洞子,什么血洞空洞,哪跟哪儿啊。

侯晓说:这空洞不是山洞子,是说笼笼统统告一揽子干部,笼笼统统一片树林子,没法判。叔,您消停着醒悟着,侄子马上给你脑袋上血洞立个案,您一边儿睡着。

侯道叹道:侯晓侯晓,从小机灵晓事,怎么就不晓得叔叔这份儿心。

侯晓说:侯道叔叔,您那份儿心没有别的,就是个厚道。也就是个老道。

说着话,让人把那几个青年找来了,侯晓指着血洞问,公了还是私了?我这就开个调解庭。青年们一咬耳朵,凑了三百块钱,走人。

侯晓回头交给叔叔,正色宣布:听侄子一句晓事的话,拿上盘缠,回北边当技术员去。多也十年八年,少则三年五载,您再回家来。

侯道思摸:那时候官司能立案?

侯晓断言:那时候没有官司好打,大家明白了砍树败家,种树聚宝,你回家敞开来当技术员。

侯道果真上路，拐角地方转身看看光秃秃灰蒙蒙的故乡。这位山民跺了一脚，说了句一般是生离死别交代给亲人的话：

"等我回来。"

桫 椤

世纪之交，困境之交，南斗指给七星看棵树："这就是桫椤。"啊，久闻大名。两亿年前留下来的植物活化石。人间塑造老寿星，吹嘘上千年就想象力顶了格了。两亿年前，地球上称霸的动物是恐龙——龙好说，怎么叫恐呢？恐龙早已灭绝在"中生代"，桫椤如今还成片成林。

南斗拿着相机，找一棵合适的，叫七星站到下边，拍照留念。七星看看树干像铁树，叶子像蕨，羽状，叶柄一米多长。觉着干和叶，都阴丝丝地呼吸着神秘；长吸，短呼，这才透阴。七星抬头寻找阳光，哪里漏下来好落到脸上，也好把脸迎上去……

南斗退到五六步外，屈腿，半蹲，相机贴住眼睛鼻子，嘴巴叫着别动，看镜头，说，茄子，茄子……

七星觉着头上叶子抖动，身旁树干紧缩，阳光散乱，暗淡……

奇迹出现。

整个桫椤树林的树干上的棕毛,都像汗毛那样立起来,铜丝那样无风也哆嗦,羽状叶片全像含羞草那样收拢、下垂、干蔫……鸟雀噤声,猿猴僵在树杈,狼狗石头一样蜷缩草窠。

一个黑影从半空投下来,缓慢,可是不住扩大。黑影边缘冷光虚幻,整个树林白蒙蒙的却黑暗了。这景象叫不出名目,只能说是疼——若以为恐惧是由外及里,疼,由里及外。

黑影慢慢化出一个头来,大如笸箩,不男不女,半阴半阳,仿佛太监,也仿佛"二性子"。相书上说:男身女相,主贵。这位非怒非笑,自带威风,自来至尊。慢慢看见大块身体,伏地五十米,若直立起来可有二十层楼高。肚皮够五十吨,吞进树林连同飞禽走兽不磕绊,身后拖一条长长的尾巴。

桫椤甲哆嗦叹息:"啊,恐龙王。"眼缝里看见王的圆眼似铜锣,可又上锈无光。胸口暗,喘,嘴角流涎。桫椤甲禁不住使小声混在树叶沙沙里:

"阿乙阿乙,怕要出事,你的叶片已经耷拉下来了,可是那些小刺还支楞着。"

桫椤乙也沙沙应声:"刺儿不能软趴,趴了刺儿,还能叫桫椤吗?这是桫椤的极限。"

"看着都扎嘴。"

桫椤丙也哆嗦着插话:"都到了人家嘴里了还管它扎不扎?还有什么极不极限?都是废话。"

桫椤乙咬牙发誓："没有刺儿就不是桫椤。"

桫椤甲说："好了，别作声了，大王支了下耳朵。"

"支吧支吧。"桫椤乙接着咬牙，"我都准备好了，把籽种散开，藏在叶下边，躲在坑里头。"

"保守。"桫椤丙压着嗓子哭起来，"我准备燃烧，我身上集中脂肪，浓缩热量，谁咬我，冲谁滋火花。"

恐龙王懒得动弹，听见那边沙沙声里有杂音，叫了声"来人"，没有答应。再叫一声，也没有动静……恐龙王正要生气，可又心中有数：天天讲，不是你吃掉我，就是我吃掉你。其乐无穷。谁知该吃的都吃掉了，吃干净了，其乐呢？没劲，无聊，光落下孤独。据说孤独还是永恒的，可那日子怎么过？好哩，那边沙沙里肯定有掺杂，来人……没答应。我是懒得动？还是动不了？我还能依靠谁？我这日子怎么过……不觉来了精神，动了尾巴尖，抡了过去。

桫椤丙没想到来了这么个东西，大叫！树干炸裂冒火，叶柄羽叶，齐刷刷倒立，好比怒发冲冠，三米，三丈，火苗顺势上蹿，立见火柱拔地而起。呼啦啦烧烤恐龙王肚皮，嗞嗞溜溜五十吨脂油熬煎。

恐龙扭扭身子，全身无力，动动脑子，一脑空白。

火花火箭火星四射，树林燃烧，好一片天火！

天火升天，变作火烧云，光芒抢眼，神采飞金。

地面上可是焦头烂额，残烟低迷。桫椤甲竟还有一口气挣扎，竟发现远近点点吐绿，随吐随高，竟有茄花色托着绿色上来。这茄花色是树干苗子……

"……茄子，说，茄子……"

七星找到小块阳光正好漏在脸上，五六步外的南斗也对好了镜头，屈腿，半蹲，双手按在眼睛旁边，一声茄子，咔嚓……忽然，来个屁股蹲，后仰，跌倒，相机失手，甩掉……

七星跳脚扑过去，看见南斗脸色苍白。

"没事吧？"

"没事。"身上微微颤抖。

"怎么啦？"

"不知道。一惊一乍，汗毛都竖起来了。"

"那是恐惧。"

"恐龙显灵？"眼睛发直。

"放心，它一走，就不灵了。真懂恐惧的是活下来的桫椤，只要刺儿没趴，作兴出个奇迹提个醒儿。"

门

命　门

西方有个诗人有首诗叫《门》。他说他"手上随处有门一扇""开向四面八方"。有时听见门里边在"狂吠",在"嘤嘤哭泣",在"雨声淅沥";可是里边"没有狗""没有女人""没有雨水"。说得特别的是"钥匙儿灵巧可爱,像说谎者的舌头。""像活着的心房那样跳动。"

"甚至有时我自己敲了门,

锁孔也接纳了钥匙。

而我却没有找到我自己。"

东方有个退休诗人——退休是眼前的说法,传统上叫作退隐。住在郊区单元楼里,那天傍晚到田野散步,想着名片上可印"述而不作"四个字,不免得意,多走了几步,不觉天黑。往回赶时,已经看不见那一片楼房的轮廓,只见夜空一行行一点点灯火,或疏或密,或明或暗。隐约能听到起伏的叽啾叽啾,仿佛不是人世间的语言。随着阴气渗过来,心惊血沉,却又好不熟悉。只管顺着小路过去,有小山,到不了山前,有河,到不了河边,左手转弯,有双扇的后门。推开,几步,是个方方正正空空荡荡的花厅……诗人的眼睛"吃进"一张画,或是叫这张画"套牢"。花厅不是正厅,原是这家人挂云图——代代祖宗画像的地方。这一张是云图中的行乐图,画中少女初嫁,眼如柳叶,嘴如樱桃。珠冠沉重,霞帔庄严。更加色彩斑斓,整个像金属镶嵌锻造。可怜手腕细细,脖颈糯糯,青春袅动若不胜负担,气血升温若不堪摩擦。少妇一手推门,一手拿着铜锁匙,形似袖珍耙子,拴着红头绳蝴蝶结。那门没有打开!那门上有云纹,下有水波,不知道是什么门?诗人心中油然,眼睛却定定如油炒荠荠;兀那少妇的线条袅袅中,樱桃那里出现鸟爪,柳叶旁边发生鱼尾,细细的粗糙起来,糯糯的怎么僵硬了。啊,少妇变作老妇,珠冠似盔头,霞帔如甲胄,那门还是打不开,打了一生一世,耗尽年华,诗人心痛大叫:

"谁也没有打开过,那是生命的门。"

妇人吃惊，钥匙落地，诗人弯腰去拾，直起身时，眼前黑乎乎一片……不就是自家宿舍楼，不就是自家单元门前，推推，里面灯光明亮，老伴正和邻居争着麻将经：一个清一色，一个一条龙。诗人心想刚才做了场梦，荒唐！手心里却又捏着把东西，生怕老伴噜苏，赶紧朝裤兜底下塞，感觉到耙子似的，拴着头绳蝴蝶……心头暴擂瞎鼓，老伴迎门质问：

"单听，白板，自摸，几番？"

"几番风雨几番愁。"

敲　门

退休诗人拉上窗帘脱掉外衣，和晚上睡觉一样的睡、午、觉。刚退休那几天，他和人说起好像兴高采烈："整下午睡、午、觉。"

后来下午有人敲门，他都好像烦恼了，小声嘟囔。可又高声答应，不让人走掉，立刻穿衣服，思想也随着活跃起来。

"谁啊？"大声。

"我。"

小声："我是谁？"大声："来啦。"小声："子曰：身体发肤，还有姓名，受之父母……"

这天做了个梦：盥洗盆子里浸出长头发，头发从水里冒上来，是个脑袋……这在电视里见多不怪了，不过那是池，是湖,是海。盆子有多大?冒上个长头发脑袋满腔满腔的,够刺激。冒上了脸,冒上了肩膀……原来是表妹。表妹还是少女模样,脸上身上滴滴答答,是水珠是泪珠分不清。那眼睛对面视而不见,在天边天外云游,是梦是痴是渺茫……

敲门。

诗人惊醒。

"谁啊?"

"我。"

诗人穿衣服,小声嘀咕:我是谁?中国人非不得已,不报自己的名字。外国人一拿起电话不等问,就自报名字。这是"死的瘟生"办公室,中国戏曲舞台上"报名而进"的,肯定是下属下辈,要是特别要谁报名,不是奚落就是刁难。弄得问都不好问,先绕弯儿问单位。诗人系着扣子,大声:

"您是哪儿啊?"

"我。"

小声:还是"我"。父辈的名字连写也得多一笔少一笔,或是找个同音字顶替叫作避讳。外国人叫爸爸小名,叫爷爷外号,说那叫亲,那叫真。可人家不养老人,孩子养到十八独立。亲吗?真吗?有天伦之乐吗?诗人把根拉链一气儿拉到头,向门外招呼:

"来啦。"

中国人血亲，连知心朋友，都能有心灵感应……感应，啊，脑子里砰地出现一座木头小楼，在水池边上。表妹坐在窗里。光线幽暗，可那眼睛的渺茫，就是黄昏时节也穿透过来。她父亲锁了楼门，她大哥钉了窗户……

退休诗人趿拉着鞋，拽开房门，门外一干二净，连个人影也没有。偏偏廊道中间有一摊水迹，盆子般大……诗人盯着水迹看见自己青春年少，趁黄昏爬上池边小楼，对着钉死的窗子，告诉里边千万想得开，来日方长。表妹说放心。若有三长两短，定来告别……当时心都碎了，怎么这些年给忘记了。那么今天来敲门，到底今天告别来了。那么她是从水里走的，是水遁。

中国的感应。

幽　门

老伴告诉退休诗人："现在什么事情也没有了，一切都过去了。"这是"影视"上常说的话。

诗人回了一句一两百年书本上的名句："好像世界上什么事情也没有发生过。"两个花白脑袋相视而笑。

"头儿说——"若换个场合，应当说领导上组织上。"这回让你接待外宾，还安排在家里，是让你随便一点。头儿特别交代：不要做检查，再呢，千万不要认罪。"

"那我说什么呢？"

两人正好站在门边,老伴灵机一动:"三十年前,一个外宾说,这是墙的城。你立刻回答:也是门的城。因为有墙就有门。当时头儿还表扬你的幽默。你说墙是防守,门是开放。你看,现在大家把开放当作刚出笼的馒头,其实三十年前你就挂在嘴上了。"

诗人得意,微笑,眼珠朝上翻——想当年,一脑门子新鲜的幽默好像一个个彩色线轮,随便捉住哪一个的线头,就可以拉出无穷无尽……现在那一个金黄的就是"开放",可是一拉,断了。那朱红的"门",也一寸两寸叫作寸寸断。啊,谁把线轮沤坏了?一个女人的声音狠狠的:"什么开放?投降!投降!!"一声比一声狠。"什么防守?修!修!!修!!!"

这个女人五官端正、小巧、细腻,足够一个"娇"字。因此激烈起来也不大像阶级斗争,尽管把十分的鄙视沿鼻沟泻下来,十二分的厌烦拿嘴皮撇出来,也都像是个人生活中的撒泼。偏偏诗人大男子,栽在娇娇手下,全身仿佛叫罪过裱褙起来。暗中声称:塞一包砒霜在她手心里,使个眼色,就会毒死亲夫……

老伴叫道:"说话呀,别傻着,别直着眼,现在用不着装聋作哑。头儿说了,要装幽默,不是装不是装……"

诗人东抓西挠,无奈线轮寸断,好容易有一个抽出丝来:

"……这回叫我接待外宾,是领导上对我的信任,是组织上交给我宣传毛泽东思想的任务。我过去在墙和门上,向资产阶级投降,大放修正主义的流毒……"

老伴大叫:"不要检查。头儿说了,千万千万不要认罪那样,要你的拿手:幽默。"

"线轮沤了。"

"你说有钱人家门倒不少,中门最大,可是一年开不了两三次。你幽默了一句,逗了个满堂彩,记得不?地铁设计了四个门,倒锁上两个,这回你的幽默上了报。记起来了吧。"

诗人想着隔世的言论,那个娇女人的声音又出来了:"花岗岩!花岗岩!!"最流行的辱骂,针对顽固脑袋。谁知这个女人的脸面也坚硬起来,青灰起来,眼睛鼓胀——鼓成单眼皮,胀满眼窝。可也还潜伏青灰的冰冷的爱娇。诗人叹道:"恶之花。花之恶"……一个哆嗦,全身褴褛,脑子一片空白。

老伴跺脚,拍手,吆喝。空白一无所有,也无能为力。挣扎吧,像梦魇里拼死挣扎,挣出一个线头来了……

"……批斗是完全必要的,非常及时的,花岗岩脑袋是复辟的基础,是投降!投降!!是修!修!修!!!"

锁 门

这个苗条的老人家不论哪一路算法,都算是老年了。体态的轻盈已成轻飘,孙女儿不时拽着点,仿佛经不起人来人往的气流推搡。老人梳背头,花白头发纹丝不乱贴在脑后。深色衬衫，外罩浅棕条纹坎肩，上下不见星星尘土。一条雪白的麻纱手巾，老像没下过水，一只角掖在坎肩的右腋下，半藏半潇洒在胸前。随手一拽下来，掖掖眼角嘴角。和人谈话时候，掖在手心里，手指摩挲……这一条白手巾，带来风韵犹存。

孙女儿十来岁，架着黑边眼镜，架起了世事洞明的样子。孙女牵着奶奶走上台阶，吩咐：

"慢着，五十年没有见面了，不忙这两步……"

"一晃工夫。"

走到退休诗人门前，奶奶退后半步，孙女冲前一步，立刻敲门，一声比一声大。

里面幽幽的传出来断续声音。

"老伴，打牌去了，锁门……"声音虚弱下来，像是说"起不来"。声音又挣扎加强。"……别等我起来。"

奶奶转身走开，走到台阶那里，头重脚轻，坐了下来，孙女赶过来搀一把，开导道：

"糟老头子瘫了，你还激动什么?看，脸也白了，累不累……"

奶奶伸手拽白手巾。"……手也哆嗦，值当?"耸耸娇嫩鼻子，纠正黑边眼镜。

奶奶自言自语。

"就和昨天一样，就是这么句话：'别等我起来'。当时成了名言。"

239

"成了弱智。"

"那是一首叙事诗。那是大敌压境,兵荒马乱。大道边上有棵大树,一个瘫子上身靠在树干上,下身盖着毯子。有钱人拎着包包过来了,瘫子圆睁双眼,毯子下边支起来木头手枪,大喝一声:把包包放下,赶快逃命,趁我没改变主意,别等我起来……后来瘫子拉起来一支游击队。"

"奶奶,你两眼好精神,哇,好靓哇!"哇,似是进口的口气。

"别等我起来!乐观,幽默,这就够了,还朝气勃勃。"

"这是夸诗人了,因为出了诗的范围。得,再过五十年,腿脚总要差些,不一定再来。"

拉起奶奶,再到诗人门前,使劲敲门。

里边的声音像游丝,也像苦吟宝塔诗。

"……我／钥匙／打不开／自家的门／老伴去打牌／两脚麻木不仁……"

孙女正要嚷嚷,发觉奶奶又溜走了。还是坐到台阶那里,斜斜晕在花坛上,拽下白手巾,本要扇扇风,又一扔,盖住半边脸,半边飘落胸口。

孙女耸耸黑边眼镜,叹出来一口元气,说:

"够浪漫的。"

白毛巾微微起伏。

"一辈子打开过多少,就是打不开自己的门。"

林斤澜主要著作目录

小说集：

春雷.北京：作家出版社，1958.

飞筐.北京：作家出版社，1959.

山里红.北京：北京出版社，1963.

独轮车轮.北京：中央编译出版社，1979.

林斤澜小说选.北京：北京出版社，1980.

石火.湖南：湖南人民出版社，1982.

满城飞花.广东：花城出版社，1987.

矮凳桥风情.浙江：浙江文艺出版社，1987.

草台竹地.北京：人民文学出版社，1988.

人生怀抱.广东：广东旅游出版社，1992.

山外青山.北京：中国华侨出版社，1993.

随缘随笔.北京：群众出版社，1993.

立存此照.陕西：陕西人民出版社，1994.

月夜有鱼.郑州：中原农民出版社，1994.

十年十癔.北京：中国华侨出版社，1996.

独轮车论.北京：中央编译出版社，1997.

门.北京：北京燕山出版社，1997.

山水之间.上海：东方出版社，1998.

出山.浙江：浙江少年儿童出版社，1999.

十年矮凳.吉林：时代文艺出版社，2001.

林斤澜小说经典.北京：人民文学出版社，2005.

杂花生树.辽宁：辽宁人民出版社，2007.

岁灯心草.宁夏：宁夏人民出版社，2010.

文论集：

小说说小.辽宁：春风文艺出版社，1985.

散文集：

舞伎.浙江：浙江文艺出版社，1988.

林斤澜散文.北京：人民文学出版社，2007.

剧本集：

布谷.北京：中国青年出版社，1957.